PIZZA

수다쟁이 조가 말했다

이동원 장편소설

문학동네

차 례

하늘에 계신 나의 아버지에게

1_'나'는 말을 못 한다

할머니가 돌아가셨다. 빈소는 부산에 마련되었다. 엄마는 앰뷸런스를 타고 먼저 내려갔고 천안에서 세미나에 참석하고 있던 아버지는 그곳에서 바로 출발하겠다고 했다. 자칫하면 아버지와 단둘이 거의 세 시간을 보낼 뻔했다.

사람들은 내가 아버지를 싫어하는 이유가 아버지가 다리를 절기 때문이라고 생각한다. 심지어 아버지도 그렇다. 오해다. 아버지는 소아마비를 앓았지만 잘 극복해 냈고 오히려 그런 아버지가 대단하다고 생각한다.

지하철이 서울역에 정차했다. 버스에 감시카메라가 설치된 이후로 이젠 지하철만 탄다. 역내의 감시카메라를 피하는 것이 번

거롭지만 지하철은 탑승만 하면 숨 쉴 틈이 있다. 하지만 지하철도 더 이상 안전지대는 아니다. 성추행 방지를 위해 앞으로 지하철 차량 내부에도 감시카메라가 설치되기 때문이다. 이미 2호선에 시범 운영이 되고 있고 내년엔 전 구간으로 확대될 것이다. 나는 버스 기사 폭행범과 성추행범을 지옥으로 보내 달라고 기도했다. 소매치기와 좀도둑, 쓰레기 무단 투기범도 같이. 그런 파렴치한 인간들 때문에 나를 감시하는 검은 눈동자들이 바로 집 앞 골목까지 늘어났다.

에스컬레이터 대신 비상계단을 통해 기차 역사로 올라갔다. 감시카메라들이 침입자를 향해 고개를 돌렸다. 나는 그 눈들을 피해 때론 빠르게 때론 느리게 멈췄다 움직였다를 반복하며 발권 창구로 향했다. 부자연스러운 나의 움직임에 몇몇 사람이 힐끔거렸다. 그럴 때마다 나는 등을 보이며 방향을 틀었다. 드디어 창구 앞에 섰다. 나는 줄을 서기 전에 경험이 많아 보이는 매표원을 골랐다. 그러곤 순서를 가늠하다 그녀에게 다가가 미리 써 놓은 휴대폰 화면을 보여 주었다.

〔부산행 가장 빠른 걸로요.〕

매표원은 이런 상황이 익숙한 듯 무심하게 표를 끊어 주었다. 나는 빠르게 승강장으로 내려가 기차에 탑승했다.

내 자리는 복도 쪽이었다. 출발 시각이 다가오는데 옆 좌석은 비어 있었다. 이대로 오지 않으면 좋겠다고 생각한 순간 한 남자가 내가 있는 칸으로 들어왔다. 뛰어왔는지 남자의 얼굴엔 땀이 줄줄 흘렀다. 그는 무슨 이유인지 이미 세이프인데도 불안한 눈빛으로 기차 안을 두리번거렸다. 그러다 나와 눈이 마주쳤다. 순간 그의 얼굴에서 불안함이 사라졌다. 내 쪽으로 걸어오는 그를 보며 나는 불안해졌다. 내 앞에 온 남자는 표와 좌석 번호를 맞춰 보더니 활짝 웃었다.

자리를 찾은 것이 그렇게 기쁠까. 함께 기뻐해 줄 생각이 없었던 나는 그를 부둥켜안는 대신 내 다리를 끌어안았다. 그는 안쪽으로 들어가지 않고 계속 멍청히 웃으며 서 있었다.

나는 그의 눈을 쳐다보며 눈빛으로 말했다.

들어가요.

어색한 웃음과 눈빛이 수초 동안 오가고야 그는 내 말을 알아들었다.

"아, 죄송합니다."

됐고. 빨리 들어가라고.

"괜찮으시면 안쪽으로 들어가 주시겠습니까? 햇빛을 싫어해서요."

남자는 흡혈귀라도 되는지 단호하게 말했다. 조금은 위협적이었다. 나는 창가로 자리를 옮겼다. 두려웠기 때문은 아니다. 싫다는 표현을 하기가 귀찮았다. 일 초라도 빨리 이 남자와 얼굴을 마주하는 순간을 벗어나고 싶었다.

남자는 앉자마자 간이 테이블을 내리더니 가방에서 노트북을 꺼내 올려놓았다. 그리고 다리를 꼬았다. 모든 동작은 신속하게 이루어졌다. 그는 의자와 자신의 몸으로 나를 가두었다.

햇빛이 싫다던 남자는 불쑥 내 쪽으로 고개를 들이밀며 말했다.

"날씨가 참 좋네요."

남자의 목소리는 왱왱대는 파리 같았다. 나는 파리채 대신 엠피스리를 꺼냈다. 이어폰으로 귀를 막고 팔짱을 낀 후 몸을 창가로 돌렸다. 눈을 감고 익숙한 손놀림으로 기기를 조작하자 이어폰에서 음악이 흘러나왔다. 일련의 행동을 통해 나는 당신과 대화 비슷한 것도 나눌 생각이 없다는 뜻을 확고하게 전했다.

하지만 남자의 눈까지 막지는 못했다. 눈을 감았는데도 자꾸 그의 시선이 느껴졌다. 목덜미에 파리가 앉아 있는 것 같아 불쾌했다.

오랜 시간 눈을 감고 있었더니 졸음이 밀려들었다. 이대로 잠들면 다시는 눈을 뜨지 못하는 게 아닐까. 엉뚱한 두려움이 내 마음을 움켜쥐었다.

버티지 못하고 눈을 뜬 순간, 기차는 검은 터널 속으로 빨려 들어갔다.

집으로 돌아가는 길. 학교 앞 사거리 횡단보도.

나는 신호가 바뀌기를 기다리다가 파란불이 들어오자 걷기 시작했다.

뒤에서 경적소리와 타이어가 지면과 맹렬히 마찰하는 소리가 났다. 반사적으로 고개를 돌렸다. 과일 장수 트럭이 나를 덮쳤다.

언제나 이 부분에서 시간이 멈춘다.

트럭은 코앞까지 와 있다. 나는 운전석의 남자를 본다. 그의 얼굴은 검다. 까무잡잡한 피부라는 뜻이 아니다. 그의 얼굴은 텅 빈 검은 터널처럼 생겼다. 눈도 코도 입도 없다.

바로 옆에 검은 옷을 입은 남자가 지나간다. 트럭도, 나도, 내 손목의 시계도 멈췄는데 그는 자유롭다. 그에게 도움을 요청하려 했지만 나는 갑자기 벙어리라도 된 것처럼 말을 하지 못한다. 그 순간 내 손목시계의 초침이 다시 움직인다. 째깍.

나는 트럭의 운전석을 본다. 트럭 운전사는 여전히 얼굴이 없다. 나는 소리를 지르려 입을 벌리다 차창에 비친 입 안을 보고는 온몸이 굳어 버린다. 내 입 속에 혀가 없다. 비명을 질렀지만 내 입에선 아무 소리도 나지 않는다.

으르릉. 배기음이 맹수의 포효 같다. 트럭이 움직인다.

"이봐요. 학생. 정신 차려요. 괜찮아요?"

옆자리 플라이맨의 왱왱대는 목소리가 귓가를 울렸다.

나는 급발진하는 트럭처럼 자리에서 벌떡 일어났다.

또 이 꿈이다. 이제는 익숙해질 만도 한, 하지만 결코 익숙해지지 않는 꿈.

사고 이후 하루도 이 꿈에서 벗어난 적이 없다. 이 꿈을 피하기 위해 나는 밤잠을 포기하고 모두가 깨어 있는 낮에 죽어 가는 시곗바늘처럼 불규칙적으로 몸을 흔들며 잠을 보충해 왔다.

그런데 낮에도 이 꿈을 꿀 줄이야.

"괜찮은 거예요?"

플라이맨이 말했다.

땀이 흐르던 그의 얼굴은 어느새 뽀송뽀송해져 있었다. 반면 내 얼굴엔 추적추적하게 땀이 쏟아졌다.

나는 야동보다 야설이 좋다. 상상을 즐기기 때문이다. 하지만 때로 상상은 그 주인을 배신한다.

'플라이맨이 잠든 나를 내려다본다. 그의 땀이 내 얼굴 위로 뚝뚝 떨어진다.'

머릿속에 이 장면이 떠오르는 순간, 나는 그를 밀치며 통로 쪽으로 뛰쳐나왔다. 테이블에 올려놓은 그의 노트북이 내 다리에 걸려 떨어졌다. 나는 개의치 않고 곧장 화장실로 들어가 문을 잠갔다.

세면대의 레버를 돌리자 물이 쏟아졌다. 물로 얼굴을 적셨다. 휴지로 대충 닦아 내고 거울을 보았다. 망설이다 입을 벌렸다.

꿈틀거리는 혀가 보였다. 이로 혀를 세게 깨물었다. 거울 속 내 얼굴이 일그러졌다.

부산에 도착할 때까지 나는 화장실에서 나오지 않았다. 문밖에 인기척이 느껴지지 않자 나는 조심스레 문을 열었다. 두어 명의 승객들이 짐을 정리하고 있었다. 플라이맨은 사라졌다.

2_ 할머니의 노래

빈소가 아니라 식당 같았다. 〈맛을 찾아서〉 같은 탐방 프로에 나올 법한 식당.

저녁 한 끼를 해결하기 위해 한 시간씩 줄을 서는 손님들처럼 조문객들은 끝없이 몰려들었다. 다른 빈소의 상주들이 번갈아 가며 할머니에 대해 물었다. 그들의 예상과는 달리 할머니는 정치인도, 정치인의 어머니도 아니었다. 할머니는 '희망 미용실'이라는 흔해 빠진 이름의 미용실 주인이었다.

"실력이 마 굉장하셨던 모양이네예."

의외의 대답에 상주들은 그렇게 말했다.

엄마는 웃어넘겼지만 나는 초등학교 졸업앨범이 생각나서 웃지 못했다.

중학생이 되기 전까지 할머니는 나의 전담 미용사였다. 나는 그 한 장의 졸업사진 때문에 오랫동안 할머니를 원망했었다. 6학년이나 되었으면 원하는 걸 잘 설명하지 그랬냐고 하겠지만 가위를 든 할머니는 손자를 사랑하는 할머니가 아니라 대중과 타협하지 않는 예술가였다.

전문가에게 일을 맡겼다면 믿고 기다려라.

이것이 할머니의 지론이었다. 할머니는 손님이 원하는 대로가 아니라 자신이 보기에 그 사람에게 가장 어울리는 스타일로 머리를 손질해 주었다.

깜빡 졸아 버린 손님은 잠에서 깬 순간, 거울을 보고 벌떡 일어나기 일쑤였고 이상한 낌새를 눈치채고 중간에 할머니를 제지하려 했던 손님들은 번쩍이는 가위와 형형히 빛나는 할머니의 눈빛에 압도당했다.

끝은 같았다. 사람들은 뭐 이런 곳이 다 있냐며 낡은 미닫이문을 열고 미용실을 나섰고, 얼마 뒤 자신들이 열고 나간 그 문을 열고 다시 할머니를 찾아왔다. 할머니는 아무렇지도 않게 그들을 맞이했고 처음과 똑같이 그들의 머리를 자기 마음대로 잘라 주었다. 두 번째부턴 아무도 불평하지 않았고 한번 희망 미용실에 방문했던 손님들은 할머니가 가위를 놓는 순간까지 그 문을 드나들었다. 그리고 지금은 할머니에게 마지막 인사를 하기 위해 이곳에 모였다.

서로 잘 알지도 못하는 사람들이 서넛씩 둘러앉아 울며 웃으며 할머니를 추억한다. 나는 이런 광경을 어떻게 받아들여야 하는지 모른다. 살아 계시다면 누구보다 내가 할머니에게 묻고 싶었다. 하지만 할머니는 지금 이곳에 없다.

빈소 안쪽 한구석에 기대어 앉자 다시 졸음이 몰려왔다. 지금 잠들면 또 그 꿈을 꿀지도 모른다. 나는 필사적으로 저항했다. 하지만 몰려드는 졸음은 골리앗처럼 강력했고 난 다윗이 아니었다. 나는 돌팔매를 떨어뜨리고 눈을 감았다.

똑같다. 학교 앞 사거리. 횡단보도.

신호등의 파란불이 들어오자 나는 길을 건넜다. 과일 장수 트럭은 똑같은 소리를 내며 나를 향해 달려들었고 이번에도 내 앞에서 멈췄다. 이쯤 나타나는 검은 옷을 입은 남자를 보고 도움을 요청하려 했지만 나는 여전히 아무 말도 할 수 없었고 그는 저번 꿈에서처럼 자기 갈 길을 갔다. 곧 다시 시계가 움직였고 트럭 운전수의 얼굴은 여전히 그 모양이고 내 입 속엔 혀가 없었다. 나는 소리를 지르려 애썼고 이제 곧 트럭이 으르릉거리며 나를 덮칠 차례였다. 나는 눈을 질끈 감았다.

하지만 아무 일도 일어나지 않았다.

어라?

나는 조심스레 눈을 떴다.

트럭은 움직이지 않았다. 시계도 다시 멈췄다.

희미하지만 낯익은 목소리가 들려왔다. 할머니. 분명히 할머니의 노랫소리였다. 주변을 살폈지만 아무도 없었다. 소리는 점점 커졌다. 나는 그제야 할머니의 노래가 어디서 들리는지 알았다. 트럭 운전석의 라디오였다.

트럭 유리창에 비친 내 얼굴이 꼬마의 얼굴로 변했다. 꼬마가 된 나는 어느새 할머니의 미용실에 와 있었다.

할머니는 여자 손님의 머리를 자르며 노래를 불렀다. 신 나는 노래였다. 흥에 겨워 중간중간 가위로 박자를 맞추며 춤까지 췄다.

할머니는 늘 노래를 불렀다. 장르는 가리지 않았다. 흘러간 옛 가요부터 최신 인기곡, 심지어 팝과 가곡들까지도 소화해 냈다.

내 뒤에서 가위를 들고 서 있는 할머니는 싫었지만 내 앞에서 노래를 부르는 할머니는 좋았다. 시험을 망치거나, 좋아하는 여자아이가 다른 녀석의 짝이 되거나, 아버지 때문에 우울한 날엔 언제나 할머니의 미용실을 찾았다. 할머니의 노래와 춤을 보고 있으면 근심 걱정이 사라졌다.

다른 사람들도 마찬가지였다. 우리는 뮤지컬을 관람하는 관객들처럼 할머니의 동작 하나 노래 한 소절에 숨죽여 집중했다. 그러다가 자신의 차례가 되면 앞으로 나가 할머니가 만들어 내는 무대의 일부분이 되었다.

할머니는 우리들의 나쁜 기억들을 잘라 내고 대신 희망을 들려주었다. 할머니는 우울한 노래는 부르지 않았다. 어떤 상황과 환경에서도 기대와 소망이 가득한 노래만을 불렀다. 할아버지가 아버지와 싸우고 집을 떠난 그날에도.

갑자기 할머니의 노래가 끊어졌다.

다시 고등학생이 된 내가 트럭 앞에 서 있다.

으르릉. 트럭이 나를 덮친다.

눈을 번쩍 떴다.

주변이 소란스러웠다. 뭔가 부서지는 소리와 분에 못 이긴 발길질 소리, 사람들이 수군거리는 소리가 들렸다. 중절모를 쓴 한 남자의 등이 보였다. 그리고 그 앞의 화난 얼굴을 한 남자. 아버지였다.

아버지의 발밑엔 휴대폰의 파편들이 너부러져 있었다. 한눈에도 아버지가 분을 참지 못하고 있는 게 보였다. 반면 중절모의 남자는 침착했다. 그는 건더기가 얼마 남지 않은 국을 휘젓듯 휴대폰의 파편들을 손가락으로 휘휘 헤집었다.

"니 이게 얼만지 아나? 이기 외국에서 사 온 기라. 우리나라에선 구할 수도 없다."

얼만지는 모르지만 비싼 것이 분명한, 우리나라에선 구할 수도 없는, 하지만 지금은 부서진 휴대폰의 주인이 말했다.

"나가요."

아버지가 말했다.

"니는 목사가 돼서 아직도 내를 원망하나. 원수도 사랑하라고 안 했나? 내가 원수보다 밉나?"

아버지의 얼굴이 붉어졌다. 그 순간 엄마가 둘 사이에 끼어들지 않았다면 아버지는 중절모의 남자를 그의 휴대폰처럼 만들어 버렸을 것이다.

"여보! 아버님! 두 분 다 그만두세요."

아버님? 그럼 할아버지?

할머니가 슬픈 눈으로 변치 않는 희망을 노래하던 그날 집을 떠난 할아버지는 이제는 이 세상에 없는 할머니의 노랫소리와 함께 우리 곁으로 돌아왔다.

3_ 리셋

삼일장 내내 할아버지와 아버지는 아무 말도 나누지 않았다. 아버지는 걸핏하면 자리를 비웠다. 일 때문이라고 했지만 그저 할아버지와 함께 있기 싫을 뿐이라는 걸 나는 알았다. 나도 아버지와 함께 있는 것이 싫으니까.

관이 불길 속으로 들어갔다. 사람들은 소리 내어 울었다. 할아버지와 아버지와 나는 울지 않았고 여전히 우리 사이엔 아무런 말도 없었다.

하얀 가루로 변한 할머니는 함에 담겨 납골당에 안치되었다. 우리들은 돌아가며 그 앞에서 마지막 인사를 했다.

모든 장례 절차가 끝나고 우리는 그때까지 남아 준 조문객들과 납골당 근처의 식당으로 향했다. 할아버지는 묵묵히 수저를 들었고 아버지는 이곳저곳 돌아다니며 인사를 하느라 바빴다. 나는 갈비탕을 먹어 치우고 식당 밖으로 나갔다.

한때는 아버지도 '아빠'였다. 아직도 내게 엄마는 엄마인데 아빠는 아버지다. 할아버지도 아버지의 아빠였을 때가 있었겠지. 궁금했다. 할아버지는 무엇 때문에 아버지의 아버지가 되었을까.

이런저런 상상에 빠져 있는데 문이 열리고 할아버지가 나왔다. 옷을 챙겨 입고 나온 모습이 먼저 가려는 것 같았다. 할아버지가 다가오자 나는 꾸벅 인사를 했다.

"말을 못 하게 됐다고?"

할아버지가 말했다.

'네. 학교에서 돌아오다 교통사고를 당해 머리를 다쳤습니다. 두개골 내에 출혈이 일어났고 다행히 수술은 피했지만 신경을 다쳐 기억장애와 실어증이 나타났습니다.'라고 대답하는 대신 나는 고개를 끄덕였다.

"그래?"

이제 곧 '많이 불편하겠네.' '그래도 그만하니 다행이다.' '곧 좋아질 거야.' 같은 위로가 딸려 올 것이다. 그러나 실은 별로 불편하지 않았고 꼭 좋아질 필요가 있나 하는 생각까지 했다.

나는 지금이 편하다.

학교에 가게 되면 어떤 일이 있을지 걱정도 되지만 지금은 매일 밤 찾아오는 악몽만이 문제였다. 잠만 편안히 잔다면 바랄 것이 없었다.

"근데 너는 우이 된 게 편해 보이네. 말 못 하니 좋나?"

언제부턴가 나는 상대의 질문을 예측하고 그에 맞는 대답을 하는 데 익숙해져 있었다. 하지만 이건 예상 문제에 없는 질문이었다. 나는 어떤 반응을 보여야 하는지 몰랐다. 할아버지는 빙긋 웃더니 헤매고 있는 내 머리를 쓰다듬어 주고 떠났다. 나는 그 웃음과 행동이 무슨 의미인지 궁금했지만 할아버지의 등은 아무 말도 없었다.

장례식과 함께 여름방학도 끝났다.

아버지 표현대로라면 '다행히' 방학 직전에 사고를 당해서 학교를 가지 않은 날은 며칠에 불과했다. 말을 못 하는 걸 제외하면 몸은 아무렇지도 않았다.

문제는 기억상실이었다. 처음엔 엄마도 알아보지 못했지만 약물치료와 상담 등을 통해 생활기억은 대부분 회복되었다.

하지만 이상하게도 고등학교에 입학해서 지난 반년 동안의 기억만은 돌아오지 않았다. 배운 지식들은 다 기억이 났다. 사라져 버린 건 학교에서의 '나'였다.

고등학교 1학년. 성적은 중간 정도. 클럽 활동으로 합창부에

속해 있다. 엄마를 통해 알게 된 이 단편적인 사실들이 내가 나에 대해 알고 있는 전부였다.

방학의 마지막 날 밤, 오랜만에 아버지가 설교를 늘어놓았다.

예배당에서 듣는 아버지의 설교는 들을 만했다. 개척 교회로 시작해 이백 명 정도의 신도들이 모였다는 것이 그 증거였다. 설교만이 아니라 객관적으로 아버지는 좋은 목회자였다. 천성적으로 성품이 착실하다. 사역의 길을 걷지 않았어도 술과 담배 따위는 입에 대지 않았을 것이다. 사치와도 거리가 멀었다. 교인들은 그런 아버지를 법 없이도 살 사람이라고 불렀고 나 역시 그런 평가에 동의했다. 그래서 더욱 궁금했다.

이렇게 좋은 목사가 왜 좋은 아버지는 못 될까.

교인들은 공감하지 못하겠지만 판단의 주체는 자식인 나다. 집에서의 아버지 설교는 들어 주기가 힘들었다.

오늘 설교의 요지는 어차피 말도 못 하게 되었으니 합창부는 관두고 공부에 집중해라였다. 그리고 아마도 아버지에겐 가장 중요한 문제일 말로 끝맺었다.

"말을 못 해도 훌륭한 목회자가 된 분들이 있다. 나는 네가 할 수 있다고 믿는다."

목사는 될 수 있다고 믿으면서, 왜 다시 말을 하게 될 거라고는 생각하지 않을까.

나는 묻고 싶었지만 '다행히' 말을 못 했다.

방으로 돌아와 학교 홈페이지에 접속했다.

학교 소개나 게시판을 둘러봐도 낯설기만 했다. 나는 같은 반 아이들에 대한 기억이 없다. 그들 사이에서 내가 어떤 존재였는지 모른다.

거울 속의 나는 여자가 줄을 설 만큼 잘나진 않았지만 놀림을 받을 수준의 외모도 아니었다. 건장한 체격은 아니지만 얕잡아 보일 만큼 작지도 않았다. 딱히 괴롭힘을 당하는 쪽은 아니었을 것이다.

엄마는 첫날만이라도 학교에 함께 가겠다고 했지만 처음은 조심할 필요가 있었다. 고등학생이나 되어서 엄마와 함께 학교에 가는 것은 아이들에게 얕보일 우려가 있었다.

홈페이지에서 학교 가는 길을 살펴봤다. 나는 두 갈래 길 중 사고 지점을 통과하는 코스를 피해 돌아가는 길을 택했다. 굳이 나쁜 기억을 떠올리고 싶지 않았다.

나는 꼼꼼히 정보를 챙겨본 뒤 일찍 잠자리에 들었다.

"아버님은 회사원? 어디 다니시는데?"

담임이 서류를 뒤적이며 말했다.

왜 새삼스레 아버지에 대해 묻는 걸까. 이런 과정은 학기 초에 끝났을 텐데.

말을 못 하다 보니 대화의 감각이 무뎌진 건가. 요즘 예상 문제를 벗어난 질문을 듣는 경우가 많다. 나는 어떻게 반응을 할지 몰라 담임을 바라보기만 했다.

"아, 내 정신 좀 봐. 쳐."

담임이 키보드를 내밀었다.

〔그냥 액세서리 수출하는 조그만 회사입니다.〕

사 년 전 부산을 떠나 서울로 전학 온 이후 나는 아버지의 직업을 속여 왔다.

부산을 떠나올 때 아버지는 내 의사를 묻지 않았다.

'부모의 뜻에 순종하라.'

그 한마디뿐이었다.

아버지의 말이 맞다. 성경에 그렇게 적혀 있다. 하지만 그 밑엔 네 자녀를 노엽게 하지 말라는 말도 나온다. 아버지는 친구들과 헤어져야 하는 내 입장은 전혀 생각하지 않았다. 나는 화가 났다.

하지만 부산을 떠나며 좋았던 것도 있었다. 서울에선 내가 목사의 아들이라는 걸 아무도 모른다.

부산은 대도시이지만 내가 살던 곳은 도심이 아니었다. 누가 넘어져서 무릎이라도 까지면 바로 다음 날에 누가 어디서 무엇을 하다가 다쳤는지 온 동네에 소문이 퍼졌다. 그 작은 마을에서 나는 목사의 아들이었다.

학교 선생님은 주일학교 교사였고 정육점 형은 성가대 지휘자였다. 동네에 감시카메라가 설치된 곳이라고는 마을금고와 파출

소가 다였지만 나에게는 어디를 가더라도 사람들의 이목이라는 움직이는 감시카메라가 따라다녔다. 그리고 그들에 의해 목사의 아들이란 기준으로 평가받았다.

한번은 이런 일도 있었다.

'성경은 다 거짓말이고 너희 아버지는 사기꾼이다. 아니라면 물 위를 걸어 보라.'

나만 보면 놀려 대던 녀석이 있었다. 물 위를 걸을 수 없었던 나는 녀석의 얼굴 위를 걸었다.

돌아온 주일, 아버지는 교회 앞에서 녀석의 어머니에게 고개 숙여 사죄했다. 아줌마는 깡패 아들을 둔 목사를 쫓아내겠다며 소리를 질렀다. 아버지는 나보고 사과하라고 했다. 아버지는 싫다고 버티는 내 뺨을 때렸다. 나는 울었다. 아파서가 아니라 억울해서. 왼뺨을 맞으면 오른뺨을 돌려 대라니. 젠장.

나는 담임의 눈치를 살폈다. 별다른 생각이 있어서 던진 질문은 아닌 거 같았다. 내 시선이 너무 노골적이었는지 담임이 서류에서 눈을 떼지도 않고 말했다.

"그렇게 봐도 소용없어. 우린 초면이거든."

초면?

"네 전 담임 선생님은 그만두셨다."

나는 '왜요?'라고 묻고 싶었다.

새 담임은 눈치가 빠른 사람이었다.

"묻고 싶은 게 있음 물어."

나는 사양하지 않고 키보드를 두드렸다.

〔왜 그만두셨나요?〕

"모양새가 나쁘게 나가진 않았지만 사실상 잘렸다고 봐야지."

〔왜요? 저 때문에요?〕

"아니. 우리가 슈퍼맨도 아니고 학교 밖에서 교통사고 당한 것까지 어떻게 하냐. 아참. 사고 전 기억이 없다고 했지. 그럼 넌 모르겠구나. 우리 반 애 하나가 학교에서 죽었다……. 아마 너 사고 나기 얼마 전이었지."

〔죽어요? 누가요?〕

나는 반사적으로 물었다.

담임이 서류를 뒤적였다.

"이름이 뭐였더라. 어디 보자. 아, 여기 있네. 윤여울. 정말 기억이 하나도 없나 보네?"

나는 고개를 끄덕였다.

〔어떻게 된 건데요?〕

"심장마비. 원래 심장이 좋지 않았대."

그때, 뒤편에서 교무실 문이 열리고 남학생 하나가 들어왔다. 하얀 얼굴에 귀가 드러나게 밀어 버린 머리, 샤프 말고는 들어 본 일이 없는 것 같은 가느다란 팔, 그리고 그 위에 걸친, 앞으로 이 년 동안 키가 클 것을 계산해서 맞춘 헐렁한 교복. 하지만 눈빛만은 총명해 보였다.

"선생님."

"어, 왔어?"

담임이 녀석을 반갑게 맞이했다.

"기억 못 하겠지만 우리 반 반장이야. 필요한 것이 있으면 말해. 도와줄 거야."

담임이 나에게 말했다.

나는 고개를 끄덕이고 반장을 보았다. 반장이 어색하게 웃었다.

문득 내가 뛰었던 리틀 야구팀의 주장이 생각났다. 나보다 머리 하나는 더 큰 키에 운동 전 태권도 동작으로 몸을 푸는 별난 녀석이었다. 나중에 나에게 밀려 에이스 자리를 내주고는 질투심에 날 상대로 몸을 풀려다 팀에서 쫓겨났다. 그리고 몇 달 후 우연히 거리에서 녀석과 마주쳤을 때 주장은 어색하게 웃었었다.

인상은 완전히 달랐지만 반장의 웃음은 그날의 주장을 떠오르게 했다. 내가 녀석에게 1등 자리를 빼앗았을 가능성은 없으니 딱히 원한관계는 없었겠지만 적어도 친한 사이는 아닌 게 분명했다.

반장은 교무실에서 나오며 "이제 괜찮은 거야?"라고 묻고는 반으로 가는 내내 아무 말도 없었다. 수업 시간이 다 되어 복도는 비었지만 아이들의 잡담하는 소리들이 문 너머로 새어 나왔다.

1학년 3반. 문을 열고 들어가자 반 아이들이 일제히 뒤돌아보았다.

그리고 그 순간, 반 전체가 얼어붙었다. 늦여름의 열기를 집어 삼킬 정도로 싸늘한 기운이 반을 감쌌다. 무엇 때문인지는 모르지만 아이들이 나를 환영하지 않는다는 것만은 확실히 느낄 수가 있었다.

반장은 자리를 가르쳐 주고는 앞으로 가 버렸다.

창가 맨 끝이었다. 게다가 짝도 없이 혼자였다. 이쪽 지역은 교실 내의 우범지대. 주로 껄렁한 녀석들이 서식하는 곳이다. 실제로 내 앞엔 불량해 보이는 녀석 둘이 자리하고 있었다. 한 녀석은 키가 190센티미터는 되어 보였고 다른 한 녀석은 작지만 다부졌다. 녀석들이 알은체를 했다.

"괜찮냐?"

"멀쩡해 보이네. 뭘."

나는 아까 반장이 그랬던 것처럼 어색하게 웃었다.

지금껏 내게 말을 거는 녀석들은 모두 나와는 거리가 있어 보이는 놈들뿐이었다. 왜 다른 아이들은 알은척을 하지 않을까. 왜 반갑게 맞아 주는 녀석이 한 명도 없을까. 방금 전까지 떠들던 아이들은 뒤를 돌아보면 돌이라도 되는 것처럼 책상에 고개를 처박고 있었다. 갑갑한 마음에 시선을 창밖으로 돌렸다. 학교 운동장에선 좀처럼 보기 힘든 장면이 펼쳐졌다. 나는 창문을 열었다.

"아악! 아악!"

피켓을 손에 든 남자가 경비원의 손에 끌려가며 소리쳤다.

"학교는 진실을 밝혀라! 내 딸을 살려 내라!"

이름 하나가 떠올랐다.

윤여울. 내가 다치기 얼마 전 죽었다는 우리 반 아이. 심장마비라고 했지.

갑자기 내 얼굴 앞에 손이 나타났다. 나는 흠칫 뒤로 물러났다. 앞에 앉은 키다리 녀석이 창문을 닫았다. 남자의 외침이 작아져 갔다.

"시끄러 죽겠네. 안 그러냐?"

키다리가 말했다.

나는 고개를 끄덕였다. 키다리가 앞을 보자 나는 다시 운동장을 보았다. 시끄러운 남자는 사라졌고 운동장은 조용했다.

점심시간이 되었다.

그동안 네 번의 수업이 있었고 세 번의 쉬는 시간이 있었다. 그 시간 동안 반장과 내 앞의 두 녀석들 외에 나에게 말을 건 사람은 없었다.

식당에서도 마찬가지였다. 내 앞엔 반장이 있었고 주변엔 아무도 앉지 않았다.

"여기도 전혀 기억이 없어?"

반장이 말했다.

나는 고개를 끄덕였다.

"가망이 없대?"

의사는 시간이 가면서 자연적으로 좋아지는 경우도 있으니 앞으로 일 년 반 정도 통원치료를 하며 지켜보자고 했다. 하지만 자세히 설명을 해 주기가 귀찮아 건성으로 고개를 끄덕여 보였다.

"그런 것치곤 별로 안타까워 보이지가 않네. 질문도 안 하고. 기억을 찾고 싶지 않아?"

물어보고 싶은 건 많았다. 왜 키다리와 덩치를 빼고는 아무도 알은척을 하지 않는지, 교실에 맴도는 불편한 기운은 무엇 때문이고 나는 어떤 녀석이었는지 궁금했다.

그리고 윤여울. 자꾸 그 이름이 걸렸다.

하지만 그다지 간절하지는 않았다.

반장 말이 맞았다. 나는 기억을 찾고 싶지 않았다.

나는 인생을 리셋했다.

—리셋?

—넌 내가 인생에서 가장 기뻤던 순간이 언제인지 알아?

—독심술 같은 건 안 배웠거든요.

—사고 후에 깨어났을 때야. 죽지 않았다는 걸 알았을 때. 내 팔과 다리가 멀쩡하다는 걸 확인했을 때. 그리고 엄마와 아빠를 만났을 때.

—부모님에 대한 기억도 없었다며.

—그래서 기뻤던 거야. 아무런 기억도 없이 이 넓은 세상에 나 혼자 덜렁 떨어진 기분이었는데 나한테 부모가 있다는 걸 확인했으니 얼마나 기뻤겠냐. 그리고 엄마랑 아빠가 나를 얼마나 극진히 보살폈는지, 정말 사랑받고 있다고 느꼈어. 정말 행복한 순간이었어. 처음엔 그랬지…….

—그런데?

—기억이 슬슬 돌아오기 시작하니까 좋지 않은 기억들이 마구 떠오르는 거야. 특히 아버지에 대한 기억들.

—ㅋㅋㅋ

—웃을 일이 아니라니까. 리셋이 된 백지의 상태가 인생에서 가장 기뻤던 순간이라니! 그 전의 내 캐(릭터)가 얼마나 우울했던 건지 알겠냐?

—그래서 학교생활도 기억해 내고 싶지 않다? 안 좋은 기억들이 떠오를까 봐?

—응, 어차피 이렇게 리셋된 거 그냥 처음부터 다시 시작하고 싶어. 괜한 걸 기억해 내 봐야 뭐하냐. 다 묻어 버리면 그만이야.

우웅. 휴대폰 진동이 울렸다.

엘이 음료수 기프티콘을 보냈다. 그녀는 지금 나와 채팅을 하는 게임 속 친구다.

사고가 나고 거동에 불편함이 없을 정도로 회복이 되었는데도 한동안 나는 계속 병원 신세를 져야 했다. 겉으로는 멀쩡해도 머릿속에 피가 흘렀다. 완전히 마를 때까지 치료를 해야 했다. 거기다 기억도 날아간 상태였으니 더욱 시간이 걸렸다. 처음에야 아파서 정신이 없었지만 돌아다닐 정도로 회복이 된 후로는 지루한 날의 연속이었다.

아버지는 내가 정신을 차리자 인터넷 강의를 들으며 뒤처진 학업을 따라잡으라는 명령을 했다. 하지만 시뻘겋게 끓고 있는 라면에 수프를 또 넣을 필요는 없다. 나는 충분히 지루했고 여기에 또 다른 지루함을 더할 생각은 없었다. 나는 아버지가 가져다준 노트북으로 인강 대신 게임에 빠져들었다.

내가 다치고 얼마 되지 않아 런칭한 게임이었다. 최신작답게 그래픽이 뛰어났다. 너무 리얼해서 꼭 실제 같은 느낌을 주었다.

비록 갇혀 있는 상황이었지만 이 가상의 세계 속에서 나는 어디든 갈 수 있고 말도 할 수 있었다.

말을 못 하는 편이 좋다고 했지만 답답하지 않은 것은 아니었다. 사고 초기에는 이대로 영영 말을 못 하게 되면 어쩌나 두려웠다. 사람은 하루에 하는 적당량의 말이 정해져 있고 그보다 적으면 혼잣말을 하게 된다. 한번 말이 터지기 시작하니 끝이 없었다. 처음 내 닉네임은 '조'였지만 곧 그 앞에 수다쟁이가 붙었다. 모두가 나를 수다쟁이 조라고 불렀다.

수다쟁이 조는 말뿐 아니라 친구도 많았다. 조의 수다는 재치가 있었다. 모두들 조를 좋아했다. 조는 많은 친구들 중에서도 엘과 친했다.

엘은 우리 서버 최고의 인기녀로 여신으로 추앙받는 존재였다. 엘이라며 돌아다니는 사진은 가짜고 실은 여장 남자란 소문도 있었지만 상관없었다. 어차피 만날 일은 없으니까.

나는 유쾌한 수다쟁이 조로 지내는 게 좋았다. 내 모습을 보여 줄 생각은 없었다. 엘의 번호는 알지만 문자만 주고받을 뿐 한 통의 통화도 한 적이 없었다. 앞으로도 그럴 것이다.

띠링. 채팅창에 메시지가 떴다. 엘이다.

—리셋 축하 선물. 새 인생을 축하해.

—고작 음료수냐.

—뭘 원하는데? 만날까?

큰일 날 소리.

—잘 마실게.

—치. 비싸게 굴긴. 여하튼 조심하고.

—뭘?

—사는 게 게임도 아니고 맘에 안 든다고 또 리셋할 순 없잖아. 그러니까 이번 캐는 잘 키우라고.

—안 그래도 지금 목마르다고 난리네. 일단 뭘 좀 먹여야겠다. 나중에 봐.

나는 집을 나섰다.

4_ 한밤의 추격전

흔해 빠진 옛날이야기.

늦은 밤, 선비가 산속을 헤맨다. 쉴 곳을 찾지만 불빛은 보이지 않고 어둠 속에서 발을 헛디뎌 넘어진다. 오만상을 찡그리며 일어나는데 눈앞에 초가가 나타났다. 그 초가에는 미모의 여인이 살고 있는데.

불이 없던 시대도 상상이 가지 않지만 편의점이 없던 시대 역시 그려지지 않는다. 늦은 밤에 목이 마르고 배가 고프면 옛날 사람들은 어떻게 했을까. 새벽 몇 시든 음료와 먹을 것을 구할 수 있다니 얼마나 좋은 세상인가. 게다가 편의점엔 꼬리가 아홉 개 달린 여우가 살고 있지도 않으니.

힘겹게 찾아간 초가의 여인이 구미호라는 것을 알아챈 선비는 어떤 표정을 지었을까. 잘은 모르겠지만 지금 편의점 유리벽에 비친 내 얼굴만큼은 아닐 것이다. 유리벽 너머 나와 눈을 맞추고 있는 남자보다야 구미호가 나으니까. 젓가락으로 면발을 든 채 서 있는 그는 처음 만났을 때처럼 땀을 뻘뻘 흘리고 있었다.

플라이맨이었다.

'우연히' 부산으로 가는 기차에서 내 옆자리에 앉았던 남자가 '우연히' 우리 집에서 십 분 거리의 편의점에서 라면을 먹고 있을 확률은?

생각보다는 높을지도 모른다. 하지만 난 우연 따위는 믿지 않는다.

플라이맨이 컵라면을 내려놓는 걸 신호로 나는 달렸다. 뒤에서 편의점 문이 열리는 소리가 들렸다.

몸은 가볍게 움직였다. 주변이 빠르게 지나갔다. 몸을 잘 관리한 사고 이전의 나에게 감사했다. 그 덩치로 나를 쫓아오진 못할 것이다.

나는 한참을 달리다 멈춰 섰다. 몸에서 땀이 배어 나왔다. 영화에선 벗어났다 싶은 순간 갑자기 구미호가 나타나지만 영화는 영화고 현실은 현실이다.

하지만 때로 현실은 영화보다 더 영화 같다. 거친 숨을 몰아쉬는 내 앞에 하얀색 마티즈가 급정거했다. 운전석에 앉아 있는 사람은 플라이맨이었다. 어울리지 않게 이런 귀여운 차라니. 한 소리 해 주고 싶었지만 일단 나는 차가 들어오기 힘든 골목으로 뛰었다. 자동차 소리가 멀어졌다.

돌고 돌아 우리 아파트 근처까지 왔다.

하지만 플라이맨이 주변을 지키고 있을 것만 같았다. 편의점에서 도망쳐 올 때는 달리면서도 내가 지금 엄청난 오해를 하는지도 모르겠다고 생각했지만 차까지 몰고 쫓아온 걸 보면 분명했다. 무슨 이유인지 모르지만 그는 나를 추적하고 있다.

어쩌면 우리 집을 알지도 모른다. 나는 은폐물을 찾아 몸을 숨겨 가며 전진했다. 그러다 우리 동 입구 근처까지 와서는 냅다 안으로 뛰어들었다.

나는 이 급박한 상황에서도 감시카메라가 있는 엘리베이터 대신 계단을 택했다. 조심스레 한 층 한 층을 올라가 우리 집 복도까지 가서 슬며시 고개를 내밀었다. 아무도 없었다. 이젠 안전하다.

영화 속에선 바로 이때 구미호가 나타나 어깨를 덥석 잡지만 영화는 영화고 현실은 현실이다.

그리고 다시 말하지만, 현실은 때로 영화보다 더 영화 같다.

덥석.

어둠 속에서 손이 튀어나와 내 어깨를 잡았다.

구미호의 손이 아니었다. 플라이맨의 손도 아니었다. 늙고 거친, 온몸으로 험악한 인생과 부딪혀 살아온 사람의 손이었다.

할아버지였다.

식구가 늘었는데 집 안은 더 조용해졌다. 압축기에서 폐차되는 차처럼 집은 침묵에 짓눌렸다.

처음부터 이랬던 것은 아니다. 할아버지가 온 첫날은 '501동 아파트실록' 같은 것이 있다면 기록될 만한 날이었다. 아버지는 기록적인 데시벨의 소리를 질러 대며 악을 썼고 덕분에 온 동의 아기들이 울었으며 개들은 밤새도록 짖었다. 아래층 주민들까지 올라와 항의를 했고 나중엔 경찰까지 출동했다.

반면 할아버지는 차분했다. 누가 목소리가 크면 이긴다고 했던가. 아버지는 완패했다.

할아버지의 요구사항은 간단했다. 아버지가 휴대폰을 망가뜨려 생활에 지장이 많다. 당분간 지낼 곳이 필요하다.

아버지는 휴대폰을 사 줄 테니 당장 나가라며 으름장을 놓았다. 하지만 무슨 수를 써서든 똑같은 모델을 구해 오겠다고 뛰어나간 아버지는 다음 달 중순에야 국내에 발매가 되며 그것도 예약이 밀려 있어 비싼 값을 치르고도 정확히 언제 받을 수 있을지 모른다는 절망적인 뉴스만 듣고 왔다. 소리를 더 질러 봐야 목만 상한다는 걸 깨달은 아버지는 현실에 적응하기로 했다.

아버지는 일찍 나가서 늦게 들어왔고 들어오자마자 방으로 직행해서 나오지 않았다. 가능한 한 말도 하지 않았고 피치 못할 경우엔 단답형으로 말했다.

부자간의 대립도 대물림된 것인지, 다 내가 써먹어 온 방법이라 아는데 아버지의 방법은 해결책은 되지 못한다. 침묵으로 집안엔 표면적으로 평화가 찾아왔지만 실은 일종의 분단 상태였다. 양쪽이 자신의 영토인 방 안을 나와 비무장지대인 거실에서 마주치기라도 하는 날엔 순식간에 긴장 상태가 조성되었다. 조금이라도 상대가 도발을 하면 거침없이 응징하니 공기 중에 보이지 않는 총탄이 난무했다. 엄마는 유탄이라도 맞을까 전전긍긍했지만 거의 모든 생활을 내 방에서 해결하는 나에겐 이 언제 터질지 모르는 휴전 상태가 오히려 고마웠다. 아버지는 눈앞의 강력한 적을 상대하느라 나에게 신경을 쓰지 못했다. 나는 사태를 관망하며 자유를 즐겼다.

그러다 문득 할아버지가 아버지에게 뭘 어떻게 했기에 거실이 지뢰밭이 되어 버렸는지 궁금했다. 기억이 온전했을 때도 할아버지에 대한 기억은 별로 없었다. 어릴 때 집을 나가셨고 집에 계실 때에도 집 뒤편 창고에 박혀 거의 나오질 않으셨다. 그 안에서 뭘 하셨는지, 하루는 창고 옆에서 불이 나 소방차가 출동을 했는데 그것도 모르고 안에 계셨던 적도 있다. 밤에는 창고 쪽에서 이상한 소리와 불빛이 새어 나왔는데 나는 그 소리와 불빛을 마음에 담고서 밤마다 상상의 나래를 펴고는 했다.

—혹시 마법사?

—누가 마법사 아니랄까 봐.

엘은 게임 내에서 마법사다.

—혹시 또 아니. 네 후각도 다시 돌아오게 해 주실지.

엘에겐 교통사고로 말 대신 후각을 잃은 걸로 해 놓았다.

—그래서 안에는 한 번도 못 들어가 본 거야?

—응. 아, 딱 한 번 들어간 적이 있긴 하다.

—!!!!!!!!!!!!언제? 안에는 뭐가 있었는데?!!!

술래잡기였다. 그날 나는 술래에게 몰리다가 창고 쪽으로 가게 되었다. 숨을 장소를 찾기 위해서였다. 무슨 일인지 문이 열려 있었다. 가슴이 두근거렸다. 물론 술래가 쫓아오기 때문은 아니었다. 나는 비밀의 창고로 들어갔다.

할아버지의 창고는 친구들 사이에서도 소문이 자자했다. 나를 쫓아온 술래는 허름한 창고가 사악한 마법사의 궁전이라도 되는 듯 두려운 눈으로 얼쩡거리다가 꽁무니를 뺐다.

드디어 혼자 남았다. 할아버지의 진정한 정체를 알아낼 시간이 된 것이다. 그렇다. 나 역시 할아버지가 마법사라고 생각했다. 하지만 움직여 볼까 하는 찰나에 할아버지가 돌아왔다.

나는 테이블 밑에 몸을 숨겼다. 이제 곧 '펑' '짠' 하는 효과음 등과 함께 무슨 일이 벌어지겠지. 하지만 들려오는 소리들은 내 기대와는 달랐다. '쿵' '딱' '쿵' '딱' 다른 차원의 물질들이 아닌 이 세계의 공구들이 내는 소리들이었다.

할아버지는 의자에 앉아 생각을 하다가도 금세 일어나 다시 뭔가를 만들었다. 나는 천사든 악마든 소환되기를 바랐지만 내 옆을 돌아다니는 건 이름도 모를 벌레들뿐이었다. 더 이상은 버티기가 힘들었다.

악몽 따위는 꾸지 않았던 어린 시절, 나는 테이블 밑에서 잠이 들었다.

시간이 얼마나 지났을까. 눈을 뜬 나는 담요를 덮고 테이블 위에 누워 있었다.

—결국 들킨 거야?

—응.

—할아버지는 뭐라고 안 하셨어?

—딱 한마디 하셨지.

—뭐라고?

할아버지가 뒤에서 부스럭거리는 나에게 말했다.

"일어났나?"

뭐라고 대답해야 할지 몰라 입만 벙긋거리는 나에게 할아버지가 다시 말했다.

"다음부턴 노크를 해라. 알겠지?"

나는 대답 대신 고개를 끄덕거렸다.

할아버지가 웃었다.

똑똑똑. 노크 소리가 들렸다.

아버지는 노크를 하지 않고 들어온다. 엄마는 노크를 하고 곧 문을 연다. 문은 열리지 않았다.

똑똑똑. 다시 노크 소리가 들렸다. 나는 일어나 문을 열었다.

할아버지였다. 많은 기억은 없지만 지금 이 순간 나는 할아버지가 어떤 사람인지 알 것 같았다. 할아버지는 말과 행동이 일치하고 대접받고 싶은 대로 남을 대접하는 사람이었다.

할아버지는 컴퓨터를 가리켰다.

"잠깐 써도 괜찮겠나?"

의외의 부탁이었다. 고스톱이라도 하시려나 생각했지만 스마트폰까지 쓰시는 걸 보면 의외로 기계 쪽에 밝은 분인지도 모르겠다.

나는 게임을 종료시킨 후 자리를 비켰다. 거실에 있다가 아버지와 마주치기 싫었던 나는 집 밖으로 나왔다. 복도로 나오니 달이 밝았다.

옥상에나 올라가 볼까.

휘황한 달을 보고 있자니 그런 생각이 들었다.

거기서 '윈스턴' 그 녀석을 처음 만났다.

5_ 내가…… 죽였다?

담배 피우다 걸리면 보통 저런 얼굴이 되던가. 녀석은 귀신이라도 본 것처럼 얼이 빠져 있었다.

하지만 여긴 학교가 아니라 아파트 옥상이고 나는 선생이 아니라 자기 또래의 학생이다. 아무리 생각해도 저런 반응은 이해가 가지 않았다.

순간 녀석이 마구 콜록댔다. 얼마나 긴장했는지 그만 연기를 마셔 버린 것이다. 걱정이 돼서 다가갔는데 움찔하더니 양손을 거세게 흔든다. 괜찮다는 건지 오지 말라는 건지 헷갈렸다. 자긴 멀쩡하다는 듯 웃어 보이려고 안간힘을 쓰는 걸 보니 아무래도 오지 말라는 거 같았다. 나와 접촉하느니 질식이 낫다는 건

가. 내가 걸음을 멈추자 녀석은 잠시 내 눈치를 보다 바퀴벌레처럼 재빠른 움직임으로 내 옆을 지나쳐 옥상을 빠져나갔다.

난간을 보니 녀석이 놓고 간 라이터와 담배가 있었다. '윈스턴'이라는 담배였다. 척 봐도 외제였다. 라이터도 은빛 광택이 맴도는 것이 고급스러워 보였다.

라이터를 만지작거리다 옛 생각이 떠올랐다.

'우리 아이는 달라.'라는 부모님의 생각과는 달리 대부분의 남자아이들은 중학교 때부터 담배를 피운다. 나 역시 비슷한 시기에 담배를 처음 입에 물었다. 어처구니없게도 아버지가 보낸 교회 캠프에서였다. 하지만 불도 붙여 보지 못하고 방금 전 옥상 아래로 도망간 녀석처럼 걸리고 말았다. 내 기억 속 처음이자 마지막 흡연 시도였다.

나는 담배를 한 개비 꺼내 입에 물었다. 라이터 뚜껑을 열고 휠을 돌리자 불꽃이 솟았다. 나는 담배를 불꽃에 대고 숨을 들이마셨다. 담배 끝에 불이 붙었다. 연기가 입 속으로 들어오자 쓴맛이 올라왔다. 나는 바로 연기를 뱉었다. 너무 빨리 뱉어서인지 별 느낌이 없었다. 이번엔 깊게 들이쉬고 입이 아니라 코로 내보냈다. 아까보다는 나았지만 제대로 피운 건지는 모르겠다.

아까 그 녀석은 담배 맛을 아는 걸까, 아니면 남들도 다 피우니까 피우는 걸까. 이런저런 생각을 하며 담배를 물고 있는데 집 전화로 문자가 왔다.

할아버지였다. 나는 담배와 라이터를 챙겨 내려갔다.

아이들은 여전히 나에게 다가오지 않았다. 우리 반 아이들뿐 아니라 다른 반 녀석들 심지어 선생님들도 마찬가지였다. 사무적인 말이라도 거는 사람은 담임과 반장 정도였다. 매점이든 식당이든 복도든 내가 나타나면 공기가 달라졌다.

초원에 호랑이를 풀어 놓는 장면을 본 적이 있다. 대지는 침묵에 휩싸였다. 마침내 호랑이가 움직이는 순간 초원은 한 덩어리가 되어 살기 위해서 도망쳤다.

나를 피하는 아이들의 발걸음 뒤에 남은 건 두려움의 흔적이었다. 지금 생각해 보면 어제 옥상에서 만난 '윈스턴'(나는 이름 모를 그 녀석을 이렇게 부르기로 했다)도 나에게 겁을 먹은 것이다. 나는 내가 얼룩말 정도일 거라 생각했는데 어쩌면 호랑이인지도 모르겠다.

내 앞자리의 두 녀석은 아이들을 괴롭히며 왕처럼 지내는 놈들이었다. 하지만 나만은 건드리지 않았다. 이런 부류의 녀석들이 그런 행동을 하는 경우는 상대가 자신들보다 강할 때뿐이다.

문득 녀석들의 머리를 후려치고 싶었다. 어떤 반응을 보일까. 영문도 모른 채 인상을 쓰며 나를 돌아보겠지만 한마디만 하면 된다.

뭘 꼬나봐.

아. 나는 말을 못 하지.

뭐 어때. 그냥 호랑이의 눈으로 노려보면 된다. 아니면 계속 때리거나.

위험한 상상을 하고 있는데 반장이 들어와 말했다.

"다음 수업 그냥 음악실에서 하기로 했대."

아이들이 소리를 질렀다. 공포 영화를 상영하는 극장에서나 들을 수 있는 소리였다. 그것도 잔상이 남아 밤잠을 설치게 할 정도의 무서운 영화. 여자아이들은 내숭이 아니라 진짜 비명을 질렀다. 남자아이들은 허세를 부리며 탄성을 뱉었지만 집어먹은 겁을 숨기지 못했다.

음악수업을 음악실에서 하는 건 당연하잖아. 나는 어느 부분에서 무서워해야 하는 건지 알 수가 없었다.

음악실에 마녀라도 살고 있는 건가.

마녀는 빗자루를 휘두르는 대신 플루트를 연주했다. 그녀는 한 곡이 끝날 때마다 미소를 띠고 우리를 쳐다봤고 우리는 박수와 환호를 보냈다. 이건 분명 마법이었다.

불과 사십 분 전만 해도 음악실은 침묵에 눌려 있었다. 수업 시간이 다 되어 내가 음악실에 들어서자 그나마 이어지던 말소리들이 끊어졌다. 물론 이런 반응이 처음은 아니었지만 이번엔 뭔가 달랐다. 아이들은 이전까지 무표정한 마스크로 숨기고 있던 두려움들을 참을 수 없는 기침처럼 뱉어 냈다. 곧 무슨 일이 터질 것만 같았다. 곧이어 음악 선생님이 들어왔다.

선생님이 한 일이라곤 말 한마디 없이 플루트 연주를 한 것뿐이었다. 선생님의 연주가 시작되자 두려움은 사라지고 그 빈 자리를 박수와 환호가 메웠다.

전에도 이런 광경을 본 적이 있다. 할머니가 노래할 때였다. 빛이 비추면 어둠은 사라진다. 할머니와 선생님이 들려주는 음악엔 빛이 담겨 있었다. 마음이 밝아졌다. 나는 오랜만에 평안함을 맛보았다.

하지만 이 평안함을 오래 누리지는 못했다. 갑자기 음악실 뒤편에서 정체불명의 노랫소리가 터져 나왔기 때문이다. 강렬한 비트에 기계음, 그리고 도무지 무슨 말인지 알 수 없는 가사로 이뤄진 걸그룹의 새로운 노래였다. 선생님은 연주를 멈췄고 아이들은 일제히 뒤를 돌아보았다. 키다리와 덩치였다.

"죄송합니다."

녀석들이 씩 웃으며 말했다.

스마트폰으로 걸그룹의 뮤직비디오를 몰래 보다 실수를 한 것이다. 보통 이어폰이 빠지면 자동으로 재생이 멈춘다는 걸 생각해 보면 다분히 고의적인 실수였다. 나는 플루트를 든 마녀가 이 눈에 뻔히 보이는 실수에 어떻게 대처할지 궁금했다. 선생님의 대응은 생각보다 훨씬 빨랐다. 다시 연주를 시작한 것이다.

아이들은 일제히 앞을 바라봤다. 선생님은 마치 아무 일도 없었다는 듯이 끊어진 곳에서부터 다시 연주를 해 나갔다. 방금 일어났던 소란은 먼지처럼 사라져 버렸다. 이것이 선생님의 방식이었다.

연주가 끝나자 박수가 터졌다. 선생님은 여유 있는 모습으로 아이들의 박수에 호응했다. 키다리와 덩치가 어떤 얼굴을 하고 있을지 돌아보고 싶었다.

"그냥 반에서 수업을 할 수도 있었지만 갑자기 음악실을 새로 만들 수도 없는 노릇이고 결국은 음악실을 사용해야 한다면 오히려 빠른 편이 낫겠다 싶었어."

박수가 잦아들자 선생님이 말했다.

아까 들었던 걸그룹 노래의 정체불명 가사처럼 나는 선생님의 말이 이해가 가질 않았다. 멀쩡한 음악실을 두고 왜 반에서 수업을 하지? 음악실을 새로 만들 이유는 또 뭐야?

"이제부터 한 명씩 면담을 할 거야. 반장이 호명을 하면 안으로 들어와."

학기 초도 아니고 담임도 아닌데 무슨 개인 면담이란 말인가.

이어진 선생님의 말에 나는 더욱 혼란스러워졌다.

선생님이 음악실 뒤편 공간에 만들어진 교사실로 들어가자 아이들이 웅성거리기 시작했다. 나는 혹시나 아이들의 수다 속에서 내 궁금증에 대한 답을 발견할 수 있을까 싶어 주파수를 맞추듯 귀를 쫑긋 세웠다. 하지만 묘한 일이었다. 분명히 여기저기서 아이들이 수다를 쏘아 올리고 있었는데도 그중 단 하나도 내 귀에 명확하게 잡히지가 않았다. 더 묘한 일은 제대로 들리는 소리는 아무것도 없는데 그 모든 수다가 나에 대한 것이란 느낌이 든단 거였다.

"괜찮니?"

시작부터 뜬금없는 질문이었다. 대답을 하자면 전혀 괜찮지 않았다. 아까 연주를 들으며 느꼈던 평온함은 사라진 지 오래였다. 묻고 싶은 것이 한두 가지가 아니었다. 하지만 일단 고개를 끄덕였다.

선생님은 나를 잠시 살폈다. 내 대답을 믿지 못하는 눈치였다.

"전혀 기억을 못 한다고 들었는데…… 합창반인 건 알아?"

내가 망설이자 선생님이 눈치를 채고 포스트잇과 펜을 주었다.

〔들어서 압니다.〕

"그래…… 합창반은 어떻게 할 거야?"

노래를 부르지 못하는데 합창반에 있을 이유는 없었다. 아버지 말이 아니라도 그만둘 생각이었다.

〔그만두겠습니다.〕

일곱 글자만 적으면 되는데 펜이 잘 움직이지 않았다.

"원한다면 좀 더 기다려 봐도 좋아. 좋아질 수도 있는 거니까. 이곳에 오는 게 싫지 않다면 나는 환영한다."

나는 더 이상 참기가 힘들었다.

〔이곳에서 무슨 일이〕

여기까지 적고 나는 펜을 멈췄다. 대체 왜 아이들이 음악실을 싫어하는지 묻고 싶었다. 혹시 나와 연관이 있는지 알고 싶었다. 하지만 나는 있었나요라는 네 글자를 적는 대신 포스트잇을 뜯어 구겨 버렸다.

"괜찮아?"

선생님이 처음 했던 질문을 다시 던졌다. 나는 처음처럼 다시 고개를 끄덕였다.

나뿐 아니라 선생님도 나에게 뭔가 더 묻고 싶은 것 같았지만 선생님은 내 분위기를 보고는 면담을 끝냈다.

인사를 하고 나가려는데 선생님이 한마디를 덧붙였다.

"아, 전에 지도하셨던 선생님이 널 많이 걱정하시더라. 언제 한번 찾아봬라."

문을 닫고 나오자 반장이 기다리고 있었다. 다른 아이들은 없었다.

"네가 마지막이야. 점심시간 돼서 다른 애들은 먼저 돌아갔어."

나는 고개를 끄덕이고 음악실을 나섰다.

반장이 내 뒤에다 대고 말했다.

"선생님이 뭐라셨어?"

나는 반장을 돌아봤지만 아무런 할 말이 없었다. 나는 잠시 멍하니 반장을 보다 고개를 몇 번 젓고는 음악실을 나갔다. 내 행동을 무슨 의미로 받아들였는지 모르겠다. 나도 모르게 한 거니까.

복도를 걸으며 선생님의 마지막 말을 떠올렸다. 잘못 들은 것이 아니라면 담임뿐 아니라 음악 선생님도 바뀐 것이다. 도대체 왜? 뭐에 홀린 듯 정신없이 걷다가 순간 머릿속에 뭔가 떠올랐다. 혹시? 하지만 나는 세차게 고개를 흔들었다.

상관없다. 알고 싶지 않다. 뒤를 돌아볼 필요는 없어. 나는 새 인생을 사는 거니까.

처음 만났을 때와 똑같은 얼굴이었다. 윈스턴은 우리 학교 교복을 입고 이러지도 저러지도 못하고 있었다. 다리 위에서 두 녀석이 윈스턴의 앞뒤를 가로막았다. 두 녀석 다 우리 또래 같은데 하교 시간임에도 사복차림이었다. 한 녀석의 걷어 올린 팔 위로 문신이 보였다. 로마체 글자 문신이었는데 무슨 의미인지는 모르지만 지금 상황은 분명히 알 수 있었다.

내가 합세하면 이 대 이다. 두 녀석 다 덩치는 고만고만했다. 윈스턴도 약골로는 보이지 않았고 나는 저런 하이에나 같은 녀석들과는 차원이 다른 맹수였다. 기억은 잃었어도 몸이 익힌 것은 간

직하고 있으리라. 내가 싸움을 잘하는 녀석이었다면 몸은 잊지 않고 있을 것이다. 내 능력을 시험해 보기엔 적당한 상대들이었다.

윈스턴이 나를 보고 움찔했다. 하이에나들에 포위당해 있는데 호랑이까지 나타났으니 놀랄 수밖에. 하이에나들도 나를 돌아봤다.

"뭐야 이건?"

문신을 한 녀석이 말했다.

이거라니? 말을 할 수 있었다면 한마디 해 주었을 텐데 안타까웠다.

다른 한 놈이 피식 웃더니 말했다.

"친구냐?"

어설픈 놈들. 상대가 누군지 파악도 못 하고 있다. 보는 눈이 있다면 줄행랑을 쳤어야 했는데.

"아니면 갈 길 가세요. 네?"

감히 놈이 내 가슴팍을 밀치면서 말했다.

나는 녀석의 명복을 빌며 주먹을 날렸다.

거울에 비친 내 얼굴은 12라운드 혈전을 마친 복싱 선수 같았다. 내 옆엔 트로피 대신 나만큼이나 엉망이 된 윈스턴이 있었다.

"넌 싸움도 못하는 새끼가 왜 끼어드냐?"

윈스턴이 담배에 불을 붙이며 말했다. 나는 할 말이 없었다. 어차피 말도 못 하지만.

문신은 몸을 비틀며 내 주먹을 피하고는 바로 반격했다. 나는 눈을 감으며 고개를 숙였다. 싸움 못하는 녀석들의 전형적인 움직임이었다. 고개 숙인 내 얼굴로 어퍼컷이 날아들었다. 나는 고개를 뒤로 젖히며 쓰러졌고 그다음부턴 바닥에 웅크린 꼴사나운 모습으로 두들겨 맞았다. 구석진 곳이 아니라서 다행이었다. 사람들이 나타나자 녀석들은 도망쳐 버렸다.

얻어맞은 곳들이 욱신거렸다. 나 자신을 파악하지 못한 대가였다.

그렇다면 아이들은 왜 나를 무서워했던 것일까. 이해가 되지 않았다. 옆의 이 녀석도 마찬가지다. 옥상에서 나를 보고 지었던 표정은 분명 두려움이었다.

나는 상처를 살피는 윈스턴에게 문자를 찍어 보였다.

〔너 저번에 왜 그런 거야? 옥상에서 나를 보고 겁먹은 표정이었잖아.〕

“귀신 붙은 녀석이 나타났는데 겁을 안 먹게 됐냐?”

윈스턴이 말했다.

귀신이 붙어? 나한테?

윈스턴이 내 표정을 읽고 말했다.

"너 정말 하나도 기억을 못 하는 모양이구나. 아무도 말 안 해 준 거야?"

나는 윈스턴의 다음 말을 기다렸다.

"네가 다치기 얼마 전에 너희 반 여자아이 하나가 죽었어. 윤여울이라고. 그건 알지?"

나는 고개를 끄덕였다.

"그 애가 특수반이었거든……."

나는 윈스턴의 팔을 붙잡아 말을 멈추고 문자를 찍었다.

[특수반이라니?]

"너는 기억을 못 하겠지만 우리 학교는 특수반이라고 장애가 있는 애들을 반별로 두 명씩 배정하고 있단 말이야. 물론 자기들끼리 수업을 받긴 하는데 주로 오전엔 일반반으로 와서 활동을 하다가 오후 수업엔 특수반으로 돌아가. 적응 차원이랄까. 무슨 말인지 알겠지?"

나는 끄덕이며 손짓으로 이야기를 재촉했다.

"하여튼 걔도 지능이 좀 낮은 아이였어. 얼굴은 참 예쁘게 생겼는데. 근데 걔가 수업도 없는 오후 시간에 음악실에서 심장마비로 죽은 거야. 원래 심장에도 문제가 있는 애였거든."

역시! 내 생각이 맞았다. 그래서 음악 선생님도 담임과 같이 윤여울의 죽음에 책임을 지고 물러났던 것이다.

"그리고 며칠 후에 네가 갑자기 교통사고를 당한 거지. 말도 못 하게 되고. 교통사고야 뭐 그럴 수 있다 쳐. 몸은 멀쩡한데 실어증이 생긴 건 정말 웃기잖아? 그래서…… 걔 귀신이 너한테 붙었다. 뭐 이런 거지!"

뭔가 건너뛰고 급하게 마무리 지은 모양새다.

나는 문자를 찍었다.

〔그게 나랑 무슨 상관인데? 말이 되냐? 중간에 뭔가 빼먹었지? 그게 뭐야?〕

윈스턴은 말을 못 했다. 주저하는 기색이 역력했다.

"아, 이걸 말해 줘야 되나 말아야 되나……."

여기서 멈추면 날 죽이겠다는 말밖에 안 된다. 나는 윈스턴의 어깨를 잡고 흔들었다.

"아, 알았어!"

윈스턴이 나를 뿌리치고 말했다.

"그날 너도 음악실에 같이 있었어."

뭐?

"아까도 말했지만 걔는 특수반이라 그 시간에 거기 있을 이유가 없거든. 그리고 그날 열쇠는 합창반인 네가 갖고 있었단 말이야. 근데 너랑 걔랑 좀 복잡한 사이라는 소문이…… 그래서 애들이 말하길……."

내가…… 죽였다?

6_ 플라이맨의 역습

방과 후 아무도 없는 저녁 시간, 음악실에서 피아노 소리가 들린다. 순찰을 돌던 경비원이 음악실 문을 열어 보니 피아노 앞에서 긴 머리의 여학생이 연주를 하고 있다. 집에 안 가고 무얼 하냐 묻지만 대답이 없다. 이상히 여겨 다가간 경비는 여학생의 얼굴을 보고 기절한다. 산 사람이 아니었기 때문이다.

그 여학생은 음악실에서 살해당한 혼이었다. 범인은 그 여학생을 흠모하던 같은 학교의 남학생이었다. 남학생은 음악실로 여학생을 유인해 사랑을 고백했지만 여학생은 받아 주지 않았다. 화가 난 남학생은 억지로 여학생을 범하려다 반항하는 여학생을 죽이고 말았다. 범인은 며칠 후 교통사고를 당해 말과 기억을 잃고 매일 밤 악몽에 시달리다 죽었다.

그럴싸하다. 문제는 이 괴담의 주인공이 나라는 것이다.

나는 인터넷을 뒤져 몇 개의 단신 기사를 찾아냈다.

윤 모 양…… 학교 음악실에서 심장마비로 사망…… 선천적인 심장 기형…….

용의자 이야기는 없었다. 기사는 사고사로 결론을 내리고 학교 측의 관리 문제만 꼬집었다. 나는 정보를 얻기 위해 학교 홈페이지로 들어갔다. 공지사항으로 들어가자 학교 측의 사과문이 보였다. 역시 그 아이에 대한 것이었다. 내용은 빤했다. 심려를 끼쳐 죄송하다. 앞으로 학생 관리에 만전을 기해 믿음을 주도록 거듭나겠다. 눈에 띄었던 것은 추신으로 붙은 내용이었다.

본 사건에 대한 유언비어와 허위 사실이 퍼지고 있는 관계로 자유게시판을 폐쇄합니다.

유언비어와 허위 사실이란 나와 관련된 괴담일 것이다. 굳이 확인할 필요도 없었다. 필요한 건 그날에 대한 구체적인 정보였다. 아이들을 통해서 얻기엔 무리였다. 모두들 나를 꺼렸다. 선생님들도 마찬가지였다. 담임이나 음악 선생님은 비교적 나를 편안하게 대해 주었지만 새로 부임했으니 아는 것이 없다. 반장은 어떨까. 첫 만남의 느낌은 별로였지만 사실 나는 요즘 반장에게 동지 의식을 갖고 있었다.

실기 시험으로 농구 시합을 했을 때다. 시합에 지고는 같은 조였던 한 녀석이 분해했다. 뭘 그런 거 갖고 화를 내냐는 친구에게 반장이 말했다.

"모든 걸 다 숫자로 평가하는 세상이잖아. 화가 날 만하지."

분해하던 녀석도, 말리던 친구도 입을 다물고 말았다. 분해하던 녀석은 진 것에 화가 났을 뿐이었다. 하지만 반장에게 그 시합의 스코어는 자신의 등급을 매기는 숫자였다. 이 녀석은 우리와는 전혀 다르구나. 말은 하지 않았지만 모두들 그런 생각을 했을 것이다.

반장의 부모님은 명문대의 교수였다. 형과 누나도 같은 대학을 들어갔다. 그리고 자신도 그곳에 들어가야 했다. 그래야 한 가족이니까.

언제나 착한 아이여야 하는 목사의 아들은 언제나 1등이어야 하는 반장을 조금은 이해할 수 있었다. 이 녀석도 감시받는 기분이 아닐까. 교실 어디엔가 감시카메라가 작동하고 있어 자신을 감시한다고 생각하지 않을까. 쉬는 시간에도 홀로 책을 펴고 있는 반장을 보며 나는 그런 생각을 했다.

하지만 반장이 나에게 동질감을 느낄 리는 없었다. 느낀다 하더라도 교과서 외에는 관심을 두지 않는 녀석이 뭘 알고 있겠는가. 설사 아는 것이 있어도 개입하지 않을 것이다.

순간 누가 물었는지는 모르지만 마음속에 질문이 떠올랐다.

왜 이걸 굳이 파헤쳐야 하나?

정말 내가 죽인 거라면 자수를 하거나 평생 비밀을 끌어안고 살아야 한다. 나는 리셋되었다. 지나간 일은 무시하면 그만이다.

그리 마음을 먹으니 기억이 돌아오는 것이 두려웠다. 내 중학교 시절까지의 기억은 오래된 책 같았다. 빛도 바래고 찢어진 부분도 있지만 읽기에는 어려움이 없었다. 반면 고등학교 입학부터는 먹지였다. 매직으로 칠해 놓은 것처럼 깜깜했다. 그 장들에 무슨 이야기가 적혀 있을지 모른다.

갑자기 먹물이 빠져나가고 백지 위에 선명한 글씨들이 드러난다면? 내가 원하지 않는 내용이 적혀 있다면?

나는 차라리 그 페이지들을 찢어 버리고 싶었다.

기억상실에 특효인 치료는 없다. 반년에서 일 년 이상의 시간이 필요하며 약물치료와 함께 컨디션을 유지하는 것이 중요하다.

나는 병원에서 받아 온 약을 모두 변기에 흘려보내기 시작했다. 하지만 이건 속도를 늦출 뿐이었다. 기억이 돌아올 가능성은 언제든 열려 있다.

—인생이 정말 게임이면 얼마나 좋을까. 필요하면 얼마든 다시 리셋할 수 있고.

—이번엔 네가 트럭에 뛰어들어.

엘은 실수로 스스로에게 풀리지 않는 마법이라도 건 모양이다. 마냥 상냥하더니 요즘 들어 계속 온탕과 냉탕을 오간다. 변덕도 이 정도면 병이다.

한 소리 하려고 했는데 벨이 울렸다. 무시하려 했지만 신경질적인 연타가 이어졌다.

나는 현관으로 갔다. 만약 사이비거나 잡상인이라면 얼굴에 대고 바로 문을 닫아 주겠다. 내가 표현할 수 있는 최대한의 분노를 보여 주리라.

거칠게 문을 연 내 앞에 선 사람은 사이비도 잡상인도 아니었다. 나는 잠시 멍하니 서 있었다. 무슨 생각으로 여길 온 걸까. 플라이맨은 여전히 땀을 뻘뻘 흘리며 말했다.

"들어가도 될까? 잠시면 된다."

나는 문을 닫으려 했지만 플라이맨이 문틈으로 가방을 밀어 넣었다. 이 남자가 가끔씩 보여 주는 민첩함은 경이롭다.

그가 말했다.

"나는 기자야. 몇 가지 물어보고 싶은 게 있어서 그래. 다른 뜻은 없다. 지금은 부모님도 안 계시잖아. 다 알아보고 왔어."

맞다. 지금은 부모님이 없는 시간이다.

역시 나를 조사해 온 것이다. 윤여울 그 아이 때문인가.

"해를 끼칠 생각은 없다. 진실을 알고 싶을 뿐이야."

나는 아무것도 기억하지 못하고 기억해 내고 싶지도 않다. 나는 가방을 밀어내려 애썼다.

"병원에도 가 봤어. 넌 머리를 다쳐서 기억상실이 온 게 아니야. 그 증거로 다른 기억은 다 돌아오고 있지. 실어증도 심리적인 요인 때문일 가능성이 커. 넌 분명히 뭔가 알아."

알겠지. 거기 있었다니까. 하지만 모른 채로 살고 싶다고.

의외로 플라이맨의 완력은 대단했다. 문은 조금씩 열려 갔다.

마침내 포기라는 단어가 떠오르는 순간, 의외의 목소리가 들려왔다.

"누구요?"

플라이맨은 그대로 멈춰 버렸다.

놀란 것은 나도 마찬가지다. 할아버지를 깜빡했구나. 그의 말대로 이 시간엔 나밖에 없다. 할아버지가 오기 전까진 그랬다.

이제 됐다. 딱 봐도 이 남자는 불청객. 할아버지가 쫓아낼 것이다. 보통은 그렇게 하는 게 당연하다. 하지만 할아버지는 보통 사람이 아니었다.

"손님이가. 들어오소."

어딜 봐서 손님입니까라고 소리치고 싶었지만 나는 말을 못 한다.

"뭐 하나. 열어 드리지 않고."

예기치 못한 말에 내 팔에서 힘이 빠져나갔다. 플라이맨은 그 틈을 놓치지 않고 집 안으로 들어왔다.

"여기 앉으소."

할아버지는 소파를 가리키며 말했다.

집에 들어오기는 했지만 혼란스럽기는 플라이맨도 마찬가지였다.

"시간 많아요? 별로 없을 긴데."

할아버지가 시계를 보았다.

맞다. 엄마가 곧 돌아올 것이다. 플라이맨은 그제야 결심이 섰는지 인사를 하고 소파에 앉았다.

"니도 앉아라. 내는 마실 거나 내올게."

할아버지가 주방으로 갔다. 말을 할 수 있다면 화를 내고 싶었다. 나는 거친 걸음으로 할아버지를 따라갔다.

할아버지는 냉장고 문을 연 채로 물었다.

"니 야구 좋아하나?"

나는 갑작스러운 질문에 우뚝 멈춰 섰다.

"부산 아가 야구를 안 좋아하나?"

할아버지가 이해가 안 간다는 듯 웃었다.

좋아했다. 게다가 잘하기까지 했다. 그래서 더 좋아했다. 좋아하는 아이와 결혼을 꿈꾸는 초딩처럼 나는 먼 미래에도 야구와 함께 살아갈 거라고 믿었다. 너무 일렀지만 순수했던 소망은 중학생이 되며 깨졌다. 나는 그 후로 야구를 보지 않았다. 좋아하는 아이가 다른 녀석과 사귀는 걸 보는 건 가슴 아픈 일이니까.

"니 투수한테 제일 안 좋은 게 뭔지 아나? 안타? 홈런? 아이다. 포볼인 기라. 피하고 또 피하면 살길이 생길 것 같지만 결국은 밀어내고 뒤지는 기라. 차라리 맞고 지는 게 낫다."

할아버지의 말이 맞았다. 기차, 편의점, 이젠 집까지. 이미 만루다. 다음엔 무슨 짓을 할까.

묻어 두겠다고 결심했지만 찝찝했다. 가능하다면 털어 버리고 싶었다. 이 남자는 기자. 어쩌면 이건 기회다.

나는 플라이맨 맞은편에 앉았다. 할아버지는 탁자 위에 주스를 올려놓고는 다시 식탁 의자에 앉았다. 할아버지는 개입할 생각이 없어 보였다.

플라이맨은 할아버지 쪽을 힐끔거리며 가방에서 노트북을 꺼냈다. 나 때문에 바닥에 헤딩을 한 녀석이다. 다행히 멀쩡해 보인다.

"내 질문에 이걸로 대답을 해 주면 된다."

플라이맨이 말했다.

나는 초구부터 스트라이크를 집어넣기로 결심했다. 질문이 나오기도 전 나는 노트북을 끌어당겨 키보드를 두들겼다.

〔먼저 기자라는 걸 증명하세요. 그리고 질문하기 전에 지금까지 알아낸 모든 정보를 나에게 말해 주세요. 뭔가 숨긴다는 기분이 들거나 하면 어떤 질문에도 답하지 않겠습니다.〕

나는 화면을 보여 주며 플라이맨의 얼굴을 살폈다.

들어갔다. 원 스트라이크. 그는 지갑에서 명함을 꺼내 내밀었다. 집중취재 24시. 주요 일간지는 아니다. 흥미 위주의 가십을 주로 다루는 신문이었다. 출처가 불분명해도 우선 쓰고 보는.

"믿음이 안 가나? 그럴 만도 하지. 하지만 우리라고 다 한심한 기사만 쓰는 건 아니야. 여러 가지 이유로 메이저는 파헤치기 힘들거나 관심을 갖지 않는 사건을 세상에 드러내는 경우도 많아. 그걸 알아주면 좋겠다."

흥. 말은 그럴싸하다.

나는 키보드를 두드렸다.

〔지금까지 알아낸 게 뭡니까?〕

"그래. 시작해 보자."

플라이맨이 주스를 들이켜고 말했다.

"사고 당일 마지막 수업은 음악이었어. 당시 너희 담임은 급한 일로 출장을 가게 되어서 종례가 없었지. 아이들은 음악 시간이 끝나자마자 다시 반에 돌아가서 바로 집으로 갔다. 보통 음악실 문은 반장이 관리하는데 그날은 합창부인 네가 연습을 하고 싶다고 해서 열쇠를 너에게 맡겼지. 그런데 무엇 때문인지 알 수 없지만 윤여울이 네가 연습하고 있는 음악실로 찾아왔다. 그러고는 심장마비로 사망. 이 모든 상황에 대해 반장과 너의 진술이 일치한다."

플라이맨은 여기까지 말하고 나를 보았다. 말을 할 수 있었다면 '왜요?'라고 물을 시점에서 그가 다시 말했다.

"이상하지 않아? 너무 엉성하잖아? 윤여울은 대체 왜 그 시간에 음악실로 왔을까? 무엇 때문에? 아무도 이 질문에 대답을 해 주지 않아."

〔저도 몰라요.〕

"물론 너는 그렇게 말했어. 하지만 생각해 봐. 윤여울이 음악실로 와서 얼마 되지 않아 사망한 것은 분명해. 굳이 사망 추정 시간을 살펴볼 것도 없이 신고한 시점만 봐도 그 아이가 음악실에 머문 시간은 짧았지. 하지만 '여긴 웬일이야?' 그 한마디 물어볼 시간도 없었을까?"

플라이맨이 다시 나를 살폈다.

나는 어떤 표정을 짓고 있을까. 플라이맨은 내 얼굴에서 무엇을 찾고 있는 것일까. 나는 지금 내 얼굴이 보고 싶었다. 그의 입가에 미소가 번지는 순간 이유도 모른 채 내 얼굴이 일그러졌다.

"너는 알아. 기억하지 못할 뿐이야."

플라이맨이 말했다.

자신이 주도권을 잡았다고 생각한 말투였다. 사실이었다. 동요한 나는 형편없는 볼을 던지고 말았다.

〔뭘 놓고 간 모양이죠.〕

"오후 수업은 특수반에서 받아. 음악실에 뭘 놓고 갔을 리가 없지. 다른 친구가 있었던 것도 아니고."

플라이맨은 기다렸다는 듯이 내 말을 받아쳤다.

던질 공이 없어졌다. 핀치에 몰린 나는 더그아웃의 구원을 바라는 투수처럼 할아버지를 보았다. 하지만 할아버지는 자신이 만든 위기는 스스로 극복해야 한다는 듯 팔짱을 끼고 앉아만 있었다.

"눈에 빤히 보이는 답을 피해 가려고 하지 마. 윤여울은 널 만나러 간 거야. 원래 약속이 되어 있었든 우연히 널 보고 들어갔든, 대체 그거 말고 그 아이가 그 시간에 거기 있을 이유가 뭐겠어?"

나는 참지 못하고 벌떡 일어났다.

"워, 워, 진정해. 진정. 네가 무슨 짓을 했다는 건 아니야. 앉아. 앉으라니까."

플라이맨이 과장되게 손을 흔들며 말했다.

부산에 있을 때 나를 끈질기게 놀려 먹었던 녀석이 생각났다. 테이블을 뛰어넘어 플라이맨의 얼굴 위를 걷고 싶었지만 나는 다시 자리에 앉았다. 어떤 일이 일어날지는 뻔했다. '목사 아들 기자 폭행.' 아버지는 어떤 반응을 보일까. 그때와 같을까.

"네가 뭘 어떻게 했다는 게 아냐. 윤여울에게 특별한 외상이나 몸싸움의 흔적은 없었어. 가슴에 멍이 좀 있었지만 그건 심폐소생술을 시행했기 때문이지. 이것만 보면 넌 오히려 윤여울을 살리기 위해서 최선을 다했어. 사건 현장도 깨끗해. 꽃병이 하나 깨져 있었는데 윤여울이 들고 있다가 떨어뜨린 걸로 보여.

지문이 일치하고……. 무엇보다 언제 멈출지 모르는 심장을 갖고 있는 아이였어. 그래서 엉성한 진술에도 경찰이 단순 사고로 넘어간 거야."

〔그럼 뭐예요? 지금 이러는 게 아무런 의미가 없잖아요.〕

"의미가 없다니. 사람이 죽었어."

플라이맨이 다이어리에서 사진을 꺼내 탁자에 올려놓았다.

햇살 아래 웃고 있는 여고생의 사진이었다. 예뻤다. 이 아이가 아마도.

"윤여울이다. 머리만 멀쩡하고 심장에 언제 터질지 모르는 시한폭탄만 없었다면 아주 사랑받고 살았을 아이야. 어머니는 여울이를 낳고 장애가 있다는 걸 알고는 도망갔지만 아버지는 혼자 그 아이를 꿋꿋이 키워 냈어. 그런 딸이 죽었는데 아버지는 왜 그 아이가 음악실로 가서 그렇게 되었는지 영문을 몰라. 그런 죽음을 받아들일 수 있겠냐?"

소리를 지르며 경비에게 끌려가던 남자가 떠올랐다.

학교는 진실을 밝혀라. 내 딸을 살려 내라.

"너에 대한 소문은 들었을 거야. 이대로는 너도 속이 편하지는 않겠지. 악몽에도 시달리고 있지? 기차에서 다 봤다. 왜 그러겠냐? 가십거리로 의혹을 제기하는 건 지금도 얼마든지 할 수 있어. 하지만 나는 진실을 원해."

〔뭘 어떻게 하자는 겁니까?〕

"최면요법을 받자. 당시의 일을 떠올릴 수 있을 거야."

플라이맨은 마치 날 위한 일이라는 듯 말했다.

그래. 최면을 받으면 기억이 날지도 모르지. 하지만 내가 잘못한 것이 있다면 어떡하지? 별일은 없었어도 내가 나쁜 마음을 갖고 있었다면? 그것이 최면을 통해 드러난다면?

머릿속에서 수많은 질문들이 뒤엉키는데 갑자기 또 예상 문제에 없는 질문이 날아들었다.

"부모님이 크리스천이신가?"

거실 곳곳엔 십자가와 교회에서 만든 달력, 그리고 성경 구절이 적힌 액자가 걸려 있었다. 딱 한 걸음을 더 내딛었는데 갑자기 물이 턱밑까지 차오른 기분이었다. 플라이맨의 시선이 텔레비전 옆의 사진으로 옮겨 갔다. 목사복을 입은 아버지와 엄마, 그리고 나의 사진이었다.

"저건 목사님하고 찍은 사진인가? 어머님이 독실하신가 보구나. 너는 어떠냐?"

나는 떨리는 손을 감추기 위해 테이블 밑으로 손을 내리고 기도하는 것처럼 양손을 잡았다.

"딸을 잃은 아버지의 심정을 헤아려 봐. 너도 신을 믿는다면 그 아픔을 생각해 봐야 하지 않겠냐? 너만이 도울 수가 있어."

플라이맨은 갑자기 하나님의 종이라도 된 양 나를 구슬렸다.

나는 천장을 보았다. 저 위 어디엔가 감시카메라가 설치되어 있지 않을까. 그래서 이 모든 것을 보고 있지는 않을까. 나는 고개를 파묻었다.

드르륵. 의자가 뒤로 밀리는 소리가 들렸다.

우리는 놀라 그쪽을 바라봤다. 어처구니없게도 처음부터 함께 있던 할아버지를 잊고 있었다. 할아버지가 시계를 보며 말했다.

"벌써 시간이 이리 됐나."

"네?"

플라이맨은 당황한 기색이 역력했다.

"가라고. 우리말 모르나."

할아버지의 입가에서 웃음이 사라졌다.

"네! 네에…… 가야죠. 어르신. 하지만……."

그는 시간을 벌려 했지만 할아버지는 파리를 내쫓듯 플라이맨을 문밖으로 내몰았다.

나는 긴장이 풀려 주저앉았다. 사진 속의 윤여울은 여전히 웃고 있었다. 정말 예뻤다. 나는 멍하니 의자에 앉아 윤여울의 사진을 바라봤다.

윤여울은 정말 나를 만나려고 음악실에 온 것일까. 대체 왜?

나는 휴대폰을 열고 반장의 번호를 찾아보았다. 한참을 쓰고 지우고 반복하다 나는 반장에게 문자를 보냈다.

—기자가 찾아왔어. 음악실에서 일어난 일에 대해 묻더라.

나는 기억이 없어서 그러는데 혹시 경찰에 말한 것 말고 특별히 생각나는 거 없어? 사건 전에 대해서도 몇 가지 궁금한 것이 있는데 이야기해 줄래?

확인이 늦는 건지 바쁜 건지 답문이 오지 않았다. 괜히 보냈다는 생각이 들 무렵에야 답문이 도착했다. 두 시간이 지난 후였다.

—별건 없어. 원래 그런 직업이잖아. 귀찮게 하면 신고해 버려.

긴 시간 기다린 것이 억울할 정도로 간단한 답이었다.

바로 또 문자가 왔다.

—신경 꺼. 좋지도 않은 일 억지로 떠올릴 필요 없잖아.

나는 휴대폰을 닫고 침대에 몸을 던졌다.

그날 밤 또 악몽을 꿨다. 나는 언제나처럼 똑같은 트럭 앞에서 있었다. 하지만 평소와 다른 것이 하나 있었다. 얼굴 없는 트럭 운전사가 드디어 자신의 얼굴을 찾은 것이다. 정확히 말하면 자신의 얼굴은 아니지만 불만은 없을 것이다. 예쁜 여고생의 얼굴이니까.

윤여울. 그 아이다. 그 부조화를 뭐라 설명할까. 우락부락한 몸에 예쁘장한 여고생의 얼굴이라니. 그 아이는 사진에서처럼 환하게 웃고 있다. 그렇게 웃으며 나를 향해 트럭을 몰고 돌진한다. 나를 치는 그 순간까지.

7_ 마법사와 강철 다리

악몽에 시달리며 잠도 제대로 못 자는 나날. 리셋된 인생도 피곤하긴 똑같았다.

이런 짜증 나는 상황 속에서 유일하게 살 것 같은 순간은 음악수업이었다. 그 충격의 사건 현장에 있는 것이 좋다니 언뜻 이해가 가지 않을 것이다.

음악수업은 교과서대로 진행되지 않았다. 다른 반은 어떤지 모르지만 적어도 우리 반은 개학 후 첫 수업과 마찬가지로 선생님의 연주와 면담이 번갈아 가며 진행되었다. 선생님은 편안한 분위기로 아이들을 이끌었다. 음악 선생님이라기보단 상담사 같았다.

면담은 한 사람당 일정한 시간을 갖고 하는 것이 아니라 대상에 따라 천차만별이었다. 들어갈 때와 나올 때가 다르지 않은 아이들이 대부분이었지만 훌쩍거리며 밖으로 나오는 여자아이들도 몇 있었다. 평소 유난히 나를 더 피하는 아이들이었다. 윤여울과 친해서 충격을 받았다기보단 사건의 현장에 나와 함께 있는 것이 스트레스인 듯했다. 하지만 나 역시 만만찮은 스트레스를 받고 있었다. 특히 윤여울의 사진을 보고 나서는 음악실은 물론이고 음악실 옆 복도조차 걷기가 싫었다. 그래도 막상 수업 시간에 플루트 연주를 듣고 있으면 잠시나마 마음이 편해졌다. 심지어 평안하게 잠이 들었다. 선생님 역시 특별히 제재를 하지 않았다. 책상에 엎드리면 저놈 여기서 잠이 오나라는 식의 따가운 시선들이 내 등에 느껴졌지만 유일하게 편히 잘 수 있는 순간을 놓칠 수는 없었다.

오늘도 밀린 잠을 달게 자고 있었는데 문득 몸에 한기가 돌았다. 엎드린 상태로 눈을 떴다. 고개를 들어 보니 나 혼자였다. 수업이 끝났는데 아무도 날 깨우지 않은 것이다. 열려 있는 창문으로 형태 없는 바람이 밀려들어 와 커튼을 통해 자신의 모습을 드러내고 있었다.

나는 괜히 긴장이 되어 숨을 깊게 들이마셨다 뱉고는, 책을 집어 앞으로 나왔다. 문을 열고 나가는데 순간 바람이 세차게 들어왔다. 커튼이 파도처럼 넘실거렸다. 나는 가서 창문을 닫았다. 바람은 차단당했고 커튼은 생명을 잃었다. 나는 음악실을 돌아보았다.

여기서 생명을 잃은 여자아이가 있다. 예쁘고 머리가 우리보다 조금 나쁘고 심장이 고장 난 아이. 대체 여기 왜 있었던 것일까. 정말 나와 연관이 있는 것인가. 그래서 매일 밤 트럭을 몰고 나에게 돌진해 오는 것인가.

이 공간에 그 아이의 혼이 있다면 묻고 싶었다.

내가 무슨 나쁜 짓이라도 한 거야?

음악실 문이 열렸다.

윤여울, 그 아이인가.

그럴 리 없었다. 키다리와 덩치가 건들거리며 음악실로 들어왔다.

"뭐야. 너 왜 여기 있어?"

키다리가 선생님처럼 말했다.

나는 아무 반응 없이 서 있었다.

"어허. 너 이 새끼 감히 형님 말을 씹어?"

키다리가 인상을 쓰며 다가왔다.

"야, 이 새끼 말 못 하잖아."

덩치가 말하자 키다리는 그제야 깨달았다는 듯 "아." 하고 탄성을 냈다.

둘은 엊그제 결성된 만담 콤비같이 어설펐다. 눈에 빤히 보였다. 만담의 제목은 '시비 걸기'였다. 오늘의 심심풀이 땅콩은 나인 모양이다. 재미없는 만담이 계속되었다.

"그래, 노래도 못 하는 벙어리 군이 점심시간에 밥도 안 먹고 왜 음악실에 있는가?"

"무슨 좋은 추억이라도 떠올리고 있었나 보지."

"무슨 추억?"

"글쎄 뭔지는 모르지만 좋은 추억인가 보네. 밥도 안 먹고 이러고 있는 걸 보니."

녀석들은 점점 나에게 다가왔고 나는 그에 맞춰 뒤로 물러섰다.

"좋았냐?"

키다리의 말에 나는 멈춰 섰다.

화가 난다고 해서 얼룩말이 사자에게 덤벼드는 경우는 없다. 하지만 지금 이 순간 나는 견딜 수 없을 정도로 녀석을 걷어차고 싶었다.

"범인은 현장에 다시 나타난다던데…… 정말 네가 한 거 아니냐?"

나는 주먹을 쥐었다. 녀석이 한 걸음만 더 다가오면 그렇지 않아도 납작한 코를 더 깊숙이 파묻어 줄 생각이었지만 난데없는 반장의 목소리가 녀석의 코와 나의 생명을 살렸다.

"그만해!"

어느새 뒤에 나타난 반장이 말했다.

키다리가 어이없다는 듯 반장을 보며 말했다.

"방금 우리한테 말한 거냐?"

재수 없는 데다 위협적이기까지 한 말투였지만 반장은 침착하게 말했다.

"문제가 생겼어. 너희들, 담임이 지금 빨리 교실로 튀어 오지 않으면 알아서 하래."

"또 뭐야…… 꼰대 새끼……."

녀석들은 투덜대면서도 반장의 말에 따랐다.

덩치가 나가기 전 나에게 말했다.

"조용조용 살아라. 애들이 어려워한다고 깝치지 말고."

"야, 지금보다 어떻게 더 조용해? 잔인한 새끼. 크크."

두 녀석은 낄낄거리며 사라졌다.

"너도."

반장이 나에게 말했다.

나는 고개를 끄덕였다.

우리를 교실로 집합시킨 문제는 도난 사건이었다. 음악 시간 다음이 점심시간이었는데 그사이에 한 녀석의 지갑이 사라진 모양이었다.

담임은 무거운 벌을 내렸다.

"1학기 때도 반이 거의 다 털리는 도난 사건이 있었던 걸로 아는데 이런 일이 또 일어나? 전임 선생님은 어땠는지 모르지만 나는 그냥 넘어가지 않는다. 앞으로 내가 다시 말할 때까지 쉬는 시간이나 점심시간에 화장실 말고는 어디 가는 것 다 금지야. 알겠어?"

아이들은 한숨을 토해 냈다.

"이것들이 어디서 대놓고…… 정말 한번 혼나 봐야……."

담임은 계속 우리들을 나무랐지만 나에게는 잘 들리지 않았다. 머릿속엔 온통 윤여울에 대한 생각뿐이었다. 키다리와 덩치가 겉으로 드러내 말한 것일 뿐 아마 다른 녀석들도 나에 대해서 크게 다르지 않게 생각하고 있을 것이다. 쉬는 시간마다 나를 피해 가는 아이들을 본다. 앞으로 이 년을 이렇게 살아야 하나.

집에 와서 나는 방에 틀어박혔다. 근심으로 배를 채울 수도 있다는 걸 처음 알았다. 배 속은 텅 비었지만 아무것도 들어가지 않았다. 나는 저녁을 거르고 침대에 누워 있다가 가끔씩 책상 위에 놓인 윤여울의 사진을 보았다. 몸도 마음도 통제가 되지 않았다. 기억나지도 않는 과거와 알 수 없는 미래를 끔찍하게 그려 내는 동안 오늘이 내일로 변해 갔다. 시간은 오전 세 시를 넘어 네 시로 향했다. 내일이 토요일이라는 사실이 유일한 위안이었다. 바로 학교를 가야 했다면 도망쳐 버렸을지도 모른다. 나는 물이라도 마시려고 방을 나섰다. 냉장고 문을 여는데 할아버지가 방에서 나왔다.

"안 자고 뭐 하노?"

나는 물병을 들어 보였다. 갑자기 말을 하지 못한다는 것이 답답했다.

할아버지가 다가와 식탁 위에 놓인 물컵을 집었다. 나는 두 손으로 컵에 물을 따랐다. 할아버지가 물을 마시고는 다시 물었다.

"안 자는 게 아이라 못 자는 기가?"

나는 고개를 끄덕였다.

할아버지가 나에게 컵을 건네고 대신 물병을 받았다. 나는 할아버지가 따라 준 물을 단숨에 마셨다.

"시원하나?"

나는 웃어 보였다. 하지만 지금 내 안의 갈급은 물로는 해결이 되지 않았다. 할아버지도 그 사실을 알고 있었다.

"우리 여행 함 갈까?"

내 인생 최초의 비행이었다. 가속도가 붙더니 몸이 뒤로 젖혀졌다. 속에서 이상한 것이 치밀어 올랐다. 이게 바로 물리 시간에 배운 '기압의 차' 때문에 일어나는 현상인가 보다. 거북하지만 싫지는 않았다. 기체가 평행을 찾고 나는 옆자리의 할아버지를 보았다.

세 시간 전만 해도 나는 러닝 차림으로 컵을 들고 있었다. 할아버지는 진로를 걱정하는 여드름투성이 고교 야구 선수에게

'자네는 재능이 있어. 메이저리그에 가 보지 않겠나?'라고 말하는 것처럼 여행을 제안했다. 나는 고개를 끄덕였고 지금 할아버지와 함께 부산으로 가는 비행기를 타고 있다. 대마법사와 함께 거대한 용을 타고 날고 있는 기분이었다.

용의 목적지는 마법사의 성전이었다.

그곳에 다시 들어간다. 꼬맹이 시절 무단 침입했을 때는 제대로 보지 못했던 것들을 당당히 볼 수 있다. 지쳐 있던 가슴이 뛰었다.

그 앞에 도착하기 전까진 그랬다. 십 년 만에 찾은 창고는 초라하고 지저분했다. 그 어떠한 신비로운 기운도 느껴지지 않았다.

"실망이가."

할아버지의 말에 나는 고개를 저었다.

"거짓말하는 것보단 말 못 하는 게 낫다. 들어가자."

할아버지가 웃으며 창고로 들어가고 나도 따랐다.

창고 안은 밖보다 심했다. 먼지와 거미줄들 사이를 불쾌한 냄새가 채우고 있었다. 나는 오후 내내 마스크를 쓰고 창고를 청소했다. 버릴 것은 버리고 치울 것은 치우면서 창고는 예전의 모습을 찾아갔다. 청소의 성과가 눈에 보이면서 보람도 조금씩 생겨났다.

다른 차원의 물질들은 없었지만 신기한 것들이 많았다. 다빈

치의 노트 속에서나 나올 법한 물건들이었다. 물론 꼭 같지는 않았다. 명절에 하는 연예인 닮은꼴 뽑기 대회 같은, 비슷하긴 한데 어설프게 닮은 그런 물건들이었다.

할아버지에겐 다빈치만큼이나 많은 아이디어가 있었다. 닭 안구 보호대(새들은 서로 눈을 쪼아 대는 경향이 있다), 할머니를 위한 과식 방지용 숟가락 경보기(이건 할아버지를 위해 만든 것이 아닐까), 고양이 청소 슬리퍼(고양이가 걸어 다니며 걸레질을 해 준다)까지. 스케일은 부족했지만 기발함은 뒤지지 않았다. 할아버지는 멀쩡한 장화에 말뚝을 박아 퇴비 주는 장화로 만들었고 남이 버린 환풍기를 가마솥 때는 도구로 변신시켰다. 할아버지는 대마법사가 아니라 괴짜 발명가였다.

"우리 아부지, 그니까 니 증조할애비는 농부였다. 천생 농부인 기라. 뭐 다른 거 하면 큰일 나는 줄 아는 사람이었다. 학교는 가 봐야 뭐하노. 일할 나이 되니 바로 밭으로 닭장으로 나가고……."

할아버지는 창고 안의 광을 열더니 먼지 쌓인 내부를 뒤졌다.

"근데 내는 농사일이 싫은 기라. 때려 죽여도 싫은 걸 우야노. 내는 그냥 뭐 만들고 하는 기 너무 좋고. 뭐 기발한 거, 사람들이 생각하지 못하는 그런 거 만들어서 사람들 더 편하게 해 주고 싶었다."

할아버지는 광 안에서 사람 다리만 한 직사각형의 상자를 꺼냈다.

"내는 아부지도 내가 맨든 거 보믄 좋아할 기라고 생각했다. 아부지 농사일하는 데 도움이 될 만한 걸 만들어가 갖고 갔는데 당장 불벼락이 떨어지는 기야. 이런 이상한 물건들 맨들어서 팔고 댕기믄 무슨 소릴 듣겠냐고 말이야."

왜 부모들은 자식이 무엇을 하면 행복할까보다 어떻게 하면 다른 사람들에게 행복해 보일까를 기준으로 삼는 걸까.

"우야노. 쫓아내 삔다는데. 그냥 농사짓고 사는데 그런데도 자꾸 눈에 보이는 기라. 저건 이렇게 만들면 요긴하겠고 이건 저렇게 만들면 쓸 만하겠는데…… 그래서 아부지 몰래 뭔가를 만들기 시작했지. 그렇게라도 하니까 살 것 같드라."

할아버지는 상자를 테이블에 올려놓았다.

"그리 대단한 것들은 없었지만 내 하나 보여 줄 것이 있다. 봐라. 이기 내 인생 최고의 작품이다."

할아버지는 숨겨져 있던 고대의 보물을 개봉하듯 상자를 열었다.

상자 속에는 사람의 다리처럼 생긴 강철 다리가 있었다. 보자마자 어떤 용도인지 알았다. 병원에 입원했을 때 이것과 비슷하게 생긴 것을 차고 걷는 사람을 본 적이 있다. 다리가 불편한 사람의 보행을 도와주는 보조기였다. 할아버지의 강철 다리는 병원에서 본 것의 초기 모델처럼 보였다.

"내가 발명만큼 미쳤던 게 야구였다. 그래서 내는 무조건 아들이었다. 어떻게든 아들을 낳아서 야구를 시킬라고 했다. 니 아부지가 태어났을 때 얼마나 기뻤는지 모른다."

얼마나 기뻤는지는 지금 할아버지의 얼굴을 보면 알 수 있었다. 할아버지가 막 태어난 아이를 보듯이 강철 다리를 쓰다듬었다. 아마 저런 눈빛으로 아버지를 보았을 것이다. 내가 태어났을 때 아버지도 저런 얼굴이었을까.

"일곱 살 되던 해였나, 롯데 어린이 회원으로 등록을 시키고 돌아왔는데 머리가 아프다고 하는 기다. 온도를 재 보니까 열이 39도데. 마 지금 생각하믄 그때 바로 병원으로 갔으믄 나았을까 싶다. 내는 그냥 몸살이 심하게 났다고만 생각하고 해열제 멕이고 차가운 수건 좀 갈아 주고 하면 될 줄 알았다. 워낙 건강한 아였거든. 근데 소용이 없데. 토하고 설사하고 배 아프다 카고. 갑자기 다음 날에 다리가 구부러져 버리는 기야. 그제사 급하게 병원으로 뛰었는데 소아마비라 카드라고."

"아빠, 다리는 왜 그래?"

아버지가 동화 대신 성경 속 모세의 이야기를 들려주던 시절 그렇게 물었던 적이 있다.

아버지는 당황한 듯 이야기를 멈추고는 시선을 돌렸다. 하지만 도망갈 곳을 찾던 그 눈은 자신의 아픈 다리를 향하고 말았다.

"잠깐만."

아버지는 다리를 주무르며 자리에서 일어났다.

황급히 사라지는 아버지를 보며 나는 내가 뭔가 잘못했다고 느꼈다. 그 이후 나는 아버지에게 말해도 되는 것과 아닌 것을 구분하기 시작했다.

모세는 후손들이 자신들을 이집트에서 데리고 나온 하나님의 구원을 잊어버리지 않도록 그 이야기를 기록했다. 아버지는 나에게 모세의 이야기를 해 주면서 정작 자신을 구원한 하나님에 대한 이야기는 해 준 적이 없었다. 그리고 물론 나는 그에 대해서 아무것도 묻지 않았다. 아버지가 자신의 이야기를 나에게 해 주었더라면 어땠을까. 할아버지에게 마치 낯선 사람의 이야기 같은 아버지의 지난날을 들으며 나는 그런 생각을 했다.

"다시 걷게 만들어야 한다는 생각밖에 없었다. 근데 당시엔 제대로 된 재활 프로그램도 없고 쓸 만한 보조기도 없었다. 없다고 손 놓고 있을 수 있나. 가진 재주가 뭘 맨드는 거뿐인데 어떻게 해서라도 맨들어 봐야지."

할아버지가 강철 다리를 탁자 위에 세웠다.

"증말 힘들데. 이건 닭 안구 보호대하고는 차원이 다른 기라. 내가 의사도 아닌데 어떻게 이런 걸 만드나 싶어 몇 번을 포기하려고 했는지 모른다. 그래도 마, 죽자고 달려들면 사는 기더라고. 결국은 이게 나온 기야."

창문을 통해 들어온 빛이 강철 다리를 비췄다. 그 순간 할아버지의 얼굴도 잠시 빛났다. 하지만.

"너무 기뻐서 이걸 갖고 니 아부지한테 달려갔는데, 일곱 살 짜리 꼬마가 갑자기 어른이 돼 있는 기라. 믿겨지나. 한집에서 살았는데 그 사실이 그렇게 갑작스럽게 다가온다는 게…… 더 놀란 건 니 아부지가 제법 잘 걸어 댕기는 기야."

할아버지는 강철 다리를 다시 상자에 넣었다.

"웃기제. 지를 위해서 만들었는데 만들고 나니 쓸모가 없어지삔 기야. 여기에 십 년이 넘는 세월을 바쳤는데 그사이에 그마와 내 사이의 거리는 서울이랑 부산만큼 벌어진 기라. 겁이 덜컥 나가 그때부터라도 잘 해 보려고 했는데…… 신기한 게 쩔뚝쩔뚝 거리면서 앞에 가는 그마를 내는 멀쩡한 다리로도 쫓아갈 수가 없더라. 내가 니 아부지 저는 다리까지 품고 사랑해 줬으면 좋았을 텐데…… 그 다리 고쳐 주는 데 신경 쓰다가 아들은 잃어 버리고 이 흉물스런 것만 남았다."

역시 할아버지는 마법사였다. 할아버지는 초등교육조차 제대로 받지 못했지만 오직 아들을 다시 걷게 해 주겠다는 마음만으로 강철 다리를 만들어 냈다. 사랑이 만들어 낸 기적의 마법이었다.

하지만 이 마법은 정작 아버지를 걷게 해 주진 못했다. 오히려 할아버지에게서 아버지를 멀어지게 만들었다. 할아버지의 사랑이 부족했던 걸까. 아니다. 할아버지의 사랑은 무모할 정도로 뜨거웠다. 하지만 아버지가 기대했던 건 따뜻한 할아버지의 품이지 강철도 녹여 내는 할아버지의 등은 아니었다. 아버지는 몇 번이나 할아버지에게 다가갔다가 결국은 뒤로 물러날 수밖에 없었을 것이다.

나는 차마 상자를 덮지 못하는 할아버지의 뒤로 다가가 한때는 뜨거웠던 할아버지의 등을 안았다. 따뜻했다. 이제야 겨우 온도가 맞춰졌다.

정리를 끝내고 반대편 길로 내려오니 내가 다녔던 초등학교가 보였다. 학교뿐만이 아니었다. 추억의 장소들이 줄지어 있었다. 교회도 놀이터도 조금씩 달라지긴 했지만 그 자리 그대로 있었다. 재래시장도 바닥에 페인트를 칠하고 길을 정비한 것을 빼면 달라진 것이 없었다. 펄떡거리는 생선들처럼 활기가 넘쳤다. 고향의 시간은 아리랑볼처럼 더디 흘렀다.

"옛날 생각 좀 나나?"

할아버지가 말했다.

나는 웃으며 고개를 끄덕였다.

걸음이 점점 빨라졌다. 내가 제일 가 보고 싶었던 곳이 가까워졌기 때문이다. 멀리서 깡, 깡, 하는 소리가 들려왔다. 가슴이 쿵쿵거렸다.

마침내 도착. 입이 딱 벌어졌다. 야구장이었다. 동네 공터에 네트 쳐 놓고 베이스 박아 놓은 것이 다였지만 나에겐 메이저리그 보스턴 레드삭스의 홈구장인 펜웨이파크만큼이나 유서 깊은 곳이었다. 바로 이곳에서 나의 야구 인생이 시작된 것이다. 야구장에는 유니폼을 맞춰 입은 사회인 야구 선수들이 몸을 풀고 있었다. 상대팀이 안 보이는 걸로 보아 단순한 연습인 것 같았다.

"잠깐 있어 봐라."

할아버지가 무슨 생각을 했는지 벤치 쪽으로 걸어갔다.

할아버지는 동네 슈퍼마켓 아저씨 같은 인상의 감독과 잠시 이야기를 나누더니 글러브 두 개와 공을 하나 얻었다. 그리고 나에게 걸어왔다. 초등학교 때 헤어졌던 첫사랑이 저 멀리서 다가오는 것 같았다. 진정되었던 가슴이 다시 쿵쾅거렸다.

"던져 봐라. 받아 줄게. 연습 시간이라 좀 써도 된다 카더라."

할아버지가 투수 글러브에 공을 넣어 건넸다.

이 얼마나 그리던 순간인가. 나는 냉큼 손을 뻗어 글러브를 잡고 마운드 위로 올라가고 싶었다. 하지만 그 후엔? 다시 헤어져야 했다. 그럴 바에야 무심히 스쳐 지나가는 편이 좋았다.

나는 할아버지가 내민 손을 피해 포수 미트에 손을 뻗었다.

"어? 와? 니 투수였다고 들었는데, 아이가?"

할아버지가 말했다.

나는 대답 대신 포수 미트를 끼고는 멀찌감치 떨어져 자세를 잡았다.

"그래. 좋다. 이참에 할아부지 공이나 한번 받아 봐라. 깜짝 놀랄 기다."

할아버지가 짐짓 거만한 자세로 마운드를 고르며 말했다.

야구는 신체 접촉이 심한 축구나 농구에 비해 선수 생명이 길었다. 운동선수로는 백 세 정도로 여겨지는 사십 대 후반에도 현역으로 활약하는 투수들이 있다. 실제로 은퇴 후 환갑을 넘은 나이에 120킬로미터의 강속구를 던진 경우도 있다. 하지만 그건 책임감 강한 프로들이 은퇴 후에도 몸 관리를 철저하게 한 경우다. 야구는 결코 쉬운 운동이 아니다.

나는 할아버지의 귀여운 허세에 피식 웃었다. 공이나 제대로 날아오려나.

하지만 나는 중요한 사실 하나를 잊고 있었다. 지금 마운드 위에 있는 노인이 바로 나에게 투수의 피를 물려준 장본인이란 것이다. 할아버지의 손을 떠난 공은 내 생각보다 훨씬 더 뻗어서 왔다. 나는 간신히 공을 받았지만, 그만 뒤로 엉덩방아를 찧었다.

"내가 뭐랬나. 니 내 말 안 믿었제? 이번엔 포크볼이다."

포크볼을 던지겠다고? 할아버지가?

포크볼은 직구처럼 날아오다 홈플레이트 앞에서 갑자기 뚝 떨어지는 변화구다. 좋은 투수가 던진 포크볼을 치는 것은 커피를 포크로 떠 마시는 것만큼이나 어렵다. 그만큼 잘 던지기 힘든 구종이기도 하다. 자칫 포크볼이 제대로 떨어지지 않는 날엔 타자에게 장타를 허용하거나 포크볼이 올 것을 기다리고 있던 포수가 다칠 수도 있다. 할아버지의 직구를 허세로 여겼다가 낭패를 봤지만 포크볼까지 던질 거라곤 믿을 수가 없었다.

할아버지는 내 생각이 정리될 때까지 기다려 주지 않았다. 거침없는 투구 동작에 이어 공이 날아왔다. 나는 보호 장구도 없이 공을 받고 있었다. 홈플레이트에서 마운드까지 공이 18.44미터를 날아오는 짧은 시간 안에 결정을 해야 했다.

정말 포크볼인가? 할아버지가 포크볼을 던지는 게 말이 돼?

나는 어중간한 자세로 몸을 움츠렸다.

갑자기 할아버지는 어떤 사람이지란 질문이 떠올랐다. 할아버지는 손자를 다치게 할 수도 있는 상황에서 허풍을 떠는 사람인가.

아니다. 할아버지가 포크볼을 던진다는 것이 믿기지는 않지만 나는 할아버지가 나를 사랑한다는 것을 믿었다. 할아버지는 나를 다치게 할 사람이 아니다. 나는 포수 미트를 내렸다. 공은 갑자기 뚝 떨어져 미트 속으로 빨려 들어왔다.

나도 모르게 한숨을 내뱉었다. 그리고 조금 웃었다.

"믿음이 있어야 되는 기라."

할아버지가 마운드를 내려오며 말했다.

나는 공과 함께 포수 미트를 할아버지에게 건넸다.

“포수는 투수가 사인대로 공을 던질 거라고 믿어야 된다. 투수는 포수가 받아 줄 거라 믿어야 되고. 근데 믿는다는 게 뭔가? 안다는 기다. 아니까 믿음이 가는 기다. 무슨 말인지 알겠나?”

나는 고개를 끄덕였다.

“니는 어떤 아가?”

할아버지가 물었다.

“니는 어떤 아였나 말이다. 니가 여기서 뛰놀 때 니는 어떤 아였나. 기억이 전부 안 나는 건 아이잖아. 니가 아는 니는 어떤 아가? 니는 니를 믿을 수 있나?”

나는 착한 아이였다. 착한 아이여야 했다. 내가 잘못해서 아버지가 교회에서 쫓겨날까 봐 두려웠다. 왼뺨을 맞으면 오른뺨을 돌려 댔고 화가 나도 참았다.

목사 아들답게 살아야 한다는 강박으로부터 유일하게 자유로웠던 순간은 야구를 할 때였다. 야구에는 룰이 있었고 심판이 있었다. 목사의 아들이나 건달의 아들이나 같은 조건이었다. 나는 누구의 눈치도 보지 않고 배트를 휘두르고 공을 던졌다. 나는 주로 투수로 나섰는데 아버지의 우상이기도 했던 최동원의 폼을 곧잘 따라 해서 어른들의 예쁨을 받았다. 폼뿐 아니라 투구 스타일도 같았다. 나는 최동원처럼 제아무리 강타자라도 정면 승부만 했다.

"투수한테는 포수와 야수 말고도 믿어야 되는 기 더 있다. 뭔지 아나?"

할아버지가 말했다.

나이를 먹으면 마음을 읽어 내는 능력이 생기나 보다. 하긴 나도 우리 옆집 꼬마들이 무슨 생각을 하는지 보일 때가 있다.

"자기 공을 믿는 기라. 똑같은 공이라도 자기가 던지는 공을 믿지 못하는 투수의 공은 가볍다. 공이 다 똑같지 뭐가 가볍냐고? 아이다. 믿음을 갖고 던지는 공은 그 믿음만큼의 무게가 더해진다. 그런 공은 타자가 쳐도 멀리 날아가지 않는다. 묵—직하거든."

최동원도 그런 말을 했었다. 그는 이전 타석에서 자신의 공을 담장 너머로 날려 버린 타자에게도 똑같은 공을 던졌다. 너는 내 공을 칠 수 없다. 아까는 우연이었을 뿐이야, 라며.

"니는 니를 못 믿겠나? 스스로 돌이켜 봐라. 니는 어떤 아였나. 아를 음악실로 유인해 가 몹쓸 짓이나 하는 그런 아였나. 물론 실수도 하고 잘못도 했을 기다. 또 앞으로도 할 기야. 하지만 니는 니가 그런 짓을 하지 않았다는 걸 믿지 못할 정도로 그렇게 살았나. 그렇다면 더 할 말은 없다. 아니라면 뭐가 그리 두렵나."

할아버지가 그렇게 말하며 내 어깨를 굳게 잡았다.

나는 나를 믿을 수 있나. 잘은 모르겠다. 솔직히 나는 가끔 타락을 꿈꾸었다. 목사 아들이란 족쇄를 풀어 버리고 내 마음대로 살고도 싶었다. 부산을 떠나 중학교에 올라가면서 그럴 기회도 생겼다. 하지만 그때마다 지금처럼 내 어깨를 붙드는 손이 있었다.

너는 그럴 필요가 없어. 너는 그런 녀석이 아니잖아.

내가 여울이에 대해 어떤 마음을 품었고 무슨 일을 했는지는 모르겠다. 하지만 그 손이 날 지키지 않았을까. 할아버지의 손을 통해 믿음이 흘러 들어왔다.

"올라가자."

할아버지의 말에 나는 고개를 끄덕였다.

8_ 당신이 없는 곳

야구는 기록의 스포츠다. 오늘 경기를 망쳐도 내일 경기가 있지만 기록은 남는다. 나는 리셋되었다고 생각했지만 과거의 기록은 지워지지 않았다. 지금과 같은 상태로 학교를 다니는 것은 고통이었다. 도망칠 수 없다면 나는 내 공을 믿어 보기로 했다.

편안해 보이는 의자 두 개가 방의 중간에 자리하고 있었다. 나와 최면을 주관하는 교수가 그 의자에 마주 앉았다. 할아버지와 플라이맨은 옆방에서 모니터로 나를 지켜보며 대기했다.

"최면은 마술이 아닙니다. 또 최면을 통해 보는 것이 진실이라는 보장도 없습니다. 기억이 왜곡될 수도 있고 본인이 거부하는 부분은 암시를 줘도 통하지 않는 경우가 많아요. 밝혀지지 않은 부분이 많은 분야랍니다. 실제 법적인 효력은 없다는 걸 분명히 해 둡니다."

최면을 시작하기 전 교수가 말했다.

나는 말을 못 했기 때문에 키보드를 놓고 최면을 진행했다. 자판을 외웠기 때문에 어려움은 없었다. 말 대신 키보드를 사용하라는 암시만 주면 되었다.

나는 지시에 따라 눈을 감고 심호흡을 했다. 마취가 되듯 의식이 몽롱해졌다. 나는 잃어버린 기억을 찾아 나섰다.

"우선 입학식으로 가 봅시다."

교수의 목소리가 먼 곳에서 들려오더니 갑자기 주변이 환해졌다.

파란 하늘 아래 나는 뛰고 있었다.

〔뛰고 있어요.〕

"늦은 모양이군요."

〔네.〕

항상 여유 없이 나서는 건 내 나쁜 버릇이다.

시계를 봤다. 여덟 시 오십 팔 분. 거의 다 왔다.

"식에는 늦지 않았나요?"

〔네. 간신히.〕

나는 우리 반을 찾아 대열의 꽁무니에 섰다. 숨이 찼다.

"처음 보는 친구들이 많았겠군요. 눈에 띄는 친구는 없었나요?"

나는 숨을 고르고 주변을 돌아보다 한 여학생의 뒷모습에서 멈췄다.

"없었나 보죠?"

〔여자애 한 명이 눈에 들어옵니다.〕

"어떤 친구죠?"

〔뒷모습이라 누군지 모르겠습니다.〕

"그런데 왜 눈에 띄죠? 키가 많이 큰가요? 뭔가 다른 특징이 있습니까?"

〔키는 보통입니다. 남들과 똑같은 교복을 입고 있고 단발입니다. 그것 외에는 알 수 없습니다.〕

"비슷한 스타일의 여학생들이 많았을 텐데요. 왜 그 학생만 눈에 띄었을까요."

〔모르겠습니다.〕

"얼굴은 전혀 볼 수 없나요?"

〔네…… 아니 잠깐만요.〕

선생님이 그 아이 뒤쪽의 아이를 지적하자 그녀가 돌아보았다.

"얼굴이 보이나요? 아는 사람인가요?"

그 아이였다. 사진 속의 그 아이. 윤여울과 눈이 마주쳤다.

〔윤여울입니다.〕

"첫인상은 어떤가요? 호감을 느꼈나요?"

〔네.〕

"자, 그럼 이번엔 반으로 가 봅시다. 학교생활은 어떤가요? 즐겁나요?"

나는 반에 가자마자 윤여울을 찾았다. 곧 이전의 담임이 들어와서 자기소개를 하고 아이들의 이름을 불렀다.

"윤여울."

선생님의 호명에 '네.' 하고 그 아이가 손을 들었다.

나는 그 이름을 새겼다. 윤여울. 좋은 이름이다. 나는 미소 지었다.

〔네. 즐거웠습니다.〕

"무엇 때문에 즐거웠죠? 윤여울, 그 학생 때문에?"

〔네.〕

선생님은 앞으로의 일정에 대해 이야기하고 시간을 마쳤다.

나는 여울이를 쫓았다. 하지만 담임이 여울이와 이름이 기억나지 않는 남자아이를 따로 불렀다. 기다릴까 했지만 내일도 만날 수 있다는 생각에 돌아갔다.

다음 날 아침, 여울이는 보이지 않았다. 보는 눈은 다 비슷했다. 아이들이 모여서 여울이 이야기를 하고 있었다. 나는 이어폰을 꽂고 음악을 듣는 척 그들의 대화를 엿들었다. 대화의 대부분은 여울이에 대한 호감과 왜 안 왔을까란 의문이었다.

지나가던 녀석이 끼어들었다.

"걔 특수반이래."

"특수반? 시험도 안 쳤는데 벌써부터 그런 게 있어?"

"아니 그런 특수반 말고. 모자란 애들 모여 있는 반."

"정말?"

"응. 소속은 우리 반인데 보통은 특수반에 자기들끼리 있고 오전에만 우리 반에서 수업 듣는 거래."

"근데 걔 멀쩡해 보이던데."

"머리도 좀 나쁘고 심장에도 문제가 있대. 언제 갑자기 멈출지 모른대."

"완전 무섭다. 얼굴도 예쁜데 안됐네."

"더 좋지. 백치미 몰라? 예쁜데 똑똑하기까지 해 봐. 진짜 짜증 나지."

아이들은 이야깃거리라도 생긴 듯 수군거렸고 나는 그들을 노려보았다.

"어떤가요? 그런 소리를 듣고 여울 양이 싫어졌나요?"

교수의 목소리가 들렸다.

[아니요. 오히려 더 좋아졌습니다.]

"왜지요?"

[약하니까 지켜 줘야 한다고 생각했습니다.]

"그렇군요. 반 친구들이 여울 양을 괴롭혔나요?"

〔아니요. 괴롭힌다기보단 무관심했습니다. 우리 반의 일원이었지만 우리 반이 아닌 존재로 여겼던 것 같아요. 굳이 괴롭힌 사람을 꼽자면 아마 제가 제일 많이 괴롭혔을 겁니다.〕

"아니, 왜요? 지켜 주고 싶다고 하지 않았습니까?"

〔딱히 괴롭히는 녀석도 없었을뿐더러 티 나게 잘해 주기는 아이들의 시선이 부담스러웠기 때문에 가끔 여울이가 말을 잘못 알아듣거나 실수를 하면 대놓고 면박을 주면서 챙겨 주려고 했습니다. 제가 해 줄 수 있는 일은 그 정도였습니다.〕

"그럼 여울 양은 학생을 싫어했겠군요."

〔아뇨. 저도 잘 이해가 가지 않지만 여울이는 제 마음을 보기라도 하는 건지 항상 저에 대해 고마워하고 절 보면 반갑게 인사를 하곤 했습니다.〕

"뭔가 통하는 게 있었나 보죠. 그런 반응 때문에 기쁘기도 했겠지만 혹시 부담스럽지는 않았나요."

〔네. 전 혹시나 저를 싫어하면 어쩌나 너무 신경이 쓰였는데 그러지 않아서 참 고마웠습니다. 하지만 아이들은 점점 수상한 시선으로 우리를 보기 시작했습니다.〕

쉬는 시간, 키다리와 덩치가 왔다.

"야, 너 백치미랑 사귀냐?"

키다리가 물었다.

아이들은 언젠가부터 여울이를 백치미라고 불렀다.

"미쳤냐? 바보 년이랑 사귀게!"

내가 말했다.

"이 새끼가. 말버릇 좀 봐라? 너희 편지도 주고받는다며. 소문 다 났어. 임마."

덩치가 내 머리를 내리쳤다. 나는 녀석에게 주먹을 날렸다.

"편지를 주고받았나요?"

교수의 목소리가 들려왔다.

〔아니요. 그런 적 없습니다. 소문이 그렇게 났을 뿐이에요.〕

"그럼 좀 억울하기도 했겠군요."

〔네. 그래서 그만 실수를 하고 말았어요.〕

"무슨?"

반 아이들은 특수반을 병풍처럼 취급했기 때문에 특수반 아이들은 자기들끼리만 있었다. 여울이 옆의 녀석은 자폐아였는데 뭐든 그대로 그려 내는, 그림에 관한 천재였다. 증세가 심한 편이라 다른 사람들과는 벽을 쌓고 살았는데 여울이에게만은 예외였다. 여울이도 녀석을 잘 챙겼다. 지켜보고 있으면 질투가 나다 못해 내가 그 녀석이었으면 싶을 정도였다.

하루는 지나가다 녀석이 그린 여울이를 봤다. 그림인지 사진인지 분별이 가지 않을 정도로 정교한 작품이었다. 마치 살아 있는 것 같은 그림에 나도 모르게 손을 뻗었다.

그때 갑자기 뱀이라도 튀어나온 것처럼 녀석이 뛰어올랐다. 당황한 건 나도 마찬가지인데 녀석이 소리를 지르는 바람에 반 아이들 모두가 우리를 쳐다보았다. 조금만 침착했으면 좋았을 텐데 나는 그만 그 시선들을 견디지 못하고 녀석을 치고 말았다. 나는 그림을 찢어 쓰러진 녀석에게 던졌다.

"저런. 여울 양은 그 자리에 있었나요?"

〔네. 한 번도 본 적 없는 차가운 눈으로 저를 보고 있었어요.〕

"소문이 좀 잠잠해졌겠네요."

〔네. 대신 전 정말 나쁜 놈이 되었죠.〕

여울이는 그 이후로 나를 보려 하지 않았다. 나도 더 이상 관심을 두지 않으려 했다. 하지만 그럴 수가 없었다.

아침에 면도를 하다 턱이 베여서 편의점에 들러 밴드를 산 날이었다. 오전에 체육 시간이 있었는데 심장이 좋지 않은 여울이는 반을 지켰다. 나는 운동장으로 내려가다 휴대폰을 놓고 온 걸 알고 다시 교실로 올라갔다. 문을 여는데 여울이가 손가락을 부여잡고 있었다. 뭔가에 긁혔는지 피가 났다. 큰 상처는 아니었지만 마침 여분의 밴드가 있기에 싫다는 손을 뿌리치고 억지로 밴드를 감아 줬다. 그러지 말았어야 했는데.

"어째서죠? 화해를 한 거 아닌가요?"

〔화해를 한 게 문제였습니다. 제가 내려간 다음 여울이는 창을 통해 제가 축구하는 모습을 봤어요. 그런데 하필이면 제가 그날 심하게 넘어진 겁니다. 대단한 건 아니었지만 무릎이 깨져서 피가 좀 났어요. 그런데…….〕

아파서 잠시 앉아 무릎을 잡고 있는데 갑자기 눈앞에 여울이가 나타났다. 처음엔 4층 교실에 있어야 할 아이가 왜 내 눈앞에 있는지 이해가 안 되었다. 이마엔 땀이 맺혀 있었다.

뛰어온 건가? 언제 멈출지 모르는 심장을 갖고 있는 녀석이?

여울이는 내 무릎을 보며 이러지도 저러지도 못하고 있었다. 그리고 마침내 여울이가 자신의 손가락에 감겨 있는 밴드를 바라보았을 때, 나는 이 녀석이 무슨 짓을 할지 알았다. 여울이는 자신의 손가락에 감겨 있는 밴드를 떼어 내 무릎에 붙였다.

천사였다. 이 녀석은 천사가 분명했다.

이 모든 광경을 지켜보던 아이들이 환호를 터뜨리는 걸 신호로 나는 천사를 발로 찼다. 여울이는 흙바닥을 나뒹굴었다.

"같은 실수를 두 번이나 했군요. 그것도 더 심하게."

〔네. 여울이는 다행히 크게 다치지 않았지만 곧 특수반으로 돌아갔고 전 선생님에게 몇 대를 맞은 후 멍하니 앉아 있었습니다.〕

정신이 반쯤 나가 있는데 한 녀석이 말을 건넸다.

"야, 저년 장난 아니다. 니가 달라면 한번 줄 기세인데."

나는 여전히 멍한 눈으로 녀석을 돌아봤다.

"음악실 어떠냐? 키도 구할 수 있겠다, 소리도 안 나겠다, 응? 딱 좋지?"

음악실이란 단어를 듣는 순간 가슴이 일렁였다.

"그 친구에게 달려들었나요."

〔아니요.〕

"왜죠? 전에는 반에서 가장 센 친구들과 이 대 일로도 싸웠는데."

〔그런 생각을 해 봤기 때문입니다.〕

그동안 내가 본 난잡한 영상들과 글귀들이 여울이와 합쳐져 떠올랐다. 몸속에서 이상한 것이 치밀었다. 다른 세계로 넘어가는 순간 느껴지는 이질감. 비행기가 날아오를 때와 비슷했다. 다만 이번엔 비상이 아니라 추락이었다. 모든 공간이 어둠 속으로 빨려 들어가며 나는 곤두박질쳤다.

요란한 소리가 들렸다. 살충제를 맞은 파리가 발광하듯 여기저기 부딪히는 소리 같았다.

"정확히 무슨 짓을 했는지 물어봐요!"

"무슨 짓입니까. 끼어들지 마세요!"

"그래. 네가 여울이를 불렀어. 그래서 무슨 짓을 했어? 대답해!"

"이봐요!"

"그만두라고 하지 않나!"

"그걸 가져가면 어떡해요! 이봐요!"

플라이맨은 나의 최면 과정이 고스란히 녹화된 캠코더를 들고 사라졌다.

집으로 돌아오는 길, 할아버지는 나를 위로했지만 나는 누구의 말도 들리지 않았다. 최면에서 빠져나왔지만 나는 끝없이 추락하고 있었다.

그리고 집에 돌아와 문을 여는 순간 나의 추락은 이제 겨우 시작이었음을 알았다.

아버지는 내 뺨을 후려쳤다. 아무 말도, 어떤 질문도 없이. 그리고 내가 멍한 눈길로 바라보자 다시 내 뺨을 때렸다.

그러고 나서야 아버지는 다른 한 손으로 담배 한 갑과 라이터

하나를 보여 줬다. 윈스턴 것이었다. 역시 남의 물건은 빨리 돌려줬어야 하는데라고 생각하며 웃었다. 다시 아버지의 손바닥이 날아왔다. 맞는데 자꾸 웃음이 났다. 그래서 계속 맞았다.

맞는 놈은 안다. 이게 사랑의 매인지 폭력인지. 지금 이 손찌검의 어디에 사랑이 있는가. 그저 머리끝까지 나는 화를 참을 수 없어 휘두르는 폭력이었다.

할아버지에 엄마까지 가세해 아버지를 말렸다. 나는 코피를 흘리면서도 계속 웃었고 아버지는 양팔을 제압당한 채 날뛰었다.

내가 현관문을 열자 아버지가 외쳤다.

"어디 가! 이노무 새끼야!"

아, 말을 할 수 있다면 얼마나 좋았을까. 나는 이렇게 또박또박 말하고 싶었다.

어. 디. 든. 당. 신. 이. 없. 는. 곳.

나는 그런 곳을 찾아 집을 떠났다.

9_윈스턴과의 동거

집을 나오니 막상 갈 곳이 없었다.

어디로 가는지도 모르면서 계속 걸었다. 흥분이 가라앉자 배가 고파 왔다. 갑자기 힘이 쭉 빠졌다. 먹을 것이 필요했다. 때마침 길 건너에 피자 가게가 보였다. 대형 체인이 아닌 동네에 난립해 있는 군소 피자집인데 다양한 피자를 한 조각씩 잘라서 가게 앞에 진열해 놓고 있었다. 내가 있는 곳까지 냄새가 올 리도 없건만 나는 알 수 없는 힘에 이끌려 그쪽으로 향했다. 주머니를 뒤져 봤지만 돈은 한 푼도 없었다.

가게 안을 살폈다. 주인으로 보이는 부부는 바쁜 주문이라도 들어왔는지 분주한 모습이었다. 둘 다 밖은 신경 쓰지 못하고 있었다. 진열대 문을 열어 피자를 집고 튀면 그만이다. 마침 지나가는 사람도 없었다.

성경 창세기를 보면 에서는 순간의 배고픔을 이기지 못하고 팥죽 한 그릇에 동생 야곱에게 첫째 아들의 권리를 판다. 어린 시절 그 이야기를 들으며 에서의 어리석음을 비웃었던 나는 피자 한 조각에 내 양심을 팔아넘기기 직전이었다. 나는 손을 뻗었다.

하지만 내 손이 진열대에 닿기 전 누군가 내 어깨를 잡았다. 나는 천천히 돌아서며 지금 이 순간 차라리 소금 기둥이 되어 버렸으면 좋겠다고 생각했다.

날 잡은 사람은 피자 가게 알바생이었다. 그는 가게 안을 힐끗 살피고는 나를 끌고 가게 뒤편 좁은 골목으로 데려갔다. 알바는 나를 거칠게 벽으로 밀어붙이고는 쓰고 있던 헬멧을 바닥에 던졌다.

"뭐야? 여긴 왜 왔어? 나 보러 온 거야?"

윈스턴이 말했다.

나는 그만 울음이 터졌다.

진열대 안의 피자들이 내 앞에 놓였다.

"괜찮아. 어차피 오늘 안 팔리면 다 버려야 되는 거니까 편하게 먹어요."

눈치를 보는 나에게 주인 아주머니가 말했다.

나는 웃으며 피자를 한입 베어 물었다. 가게 오픈할 때 내놓은 것이니 만든 지 시간이 꽤 지난 것들이었다. 하지만 내가 먹어 본 어떤 피자보다도 맛있었다.

윈스턴은 집을 나왔다는 이야기를 듣고는 우선 날 가게로 데려가 일이 끝날 때까지 기다리게 했다. 그리고 일이 끝나자 나를 제집으로 데리고 갔다. 다시는 안 들어올 것처럼 나가 놓고서 겨우 몇 시간 후에 같은 아파트로 다시 들어오다니. 나는 혹시나 부모님과 마주칠까 봐 안절부절못했다.

집으로 들어가 윈스턴은 아까 골목 뒤에서 간단히 한 이야기들을 자세히 물었다. 나는 윈스턴의 컴퓨터를 통해 플라이맨이 찾아온 시점부터 천천히 이야기를 해 나갔다. 윈스턴은 모니터를 보며 가끔씩 오오 하는 감탄사를 내뱉었다. 최면 상태였을 때의 이야기를 하는 것은 괴로웠다. 하지만 있었던 일만큼은 분명히 전달을 했다. 어차피 곧 기사가 나올 것이다. 숨길 이유가 없었다. 이제 기댈 수 있는 것은 윈스턴뿐인 것이다.

윈스턴은 내 이야기를 다 듣고는 명쾌하게 결론을 내렸다.

"나 때문에 생긴 일이기도 한데 내가 책임져야지. 당분간 여기서 지내."

윈스턴은 마치 자기 혼자 사는 집인 것처럼 말하며 일어섰다.

나는 일어서는 윈스턴을 잡았다.

"왜?"

〔괜찮아?〕

"왜? 울 엄마가 뭐라고 할까 봐? 괜찮아. 나 터치 안 해."

〔그것도 그거지만.〕

"뭐가? 뭐 걸리는 거 있어?"

〔넌 괜찮아? 나 무슨 짓을 했는지도 모르는데.〕

윈스턴이 아니라 내 스스로에게 던지는 질문이기도 했다.

도대체 난 무슨 짓을 한 걸까. 키보드를 누르는 손에 쥐가 날 것 같았다.

최면 상태에서 떠올렸던 여울이에 대한 나쁜 생각들이 다시금 내 머릿속을 괴롭게 했다. 나는 부들부들 떨리는 손으로 머리를 감싸 쥐고 고개를 처박았다.

찰싹.

윈스턴이 내 머리를 후려쳤다. 나는 벌떡 고개를 들었다.

"니가 무슨 짓을 했는지야 나도 모르지만 내가 아는 너는 싸움도 못하는 주제에 얼굴 한 번 본 놈 도와주겠다고 나서는 겁대가리 없는 놈이자, 피자 한 조각 훔치면서 온몸을 벌벌 떠는 가출 고딩일 뿐이야. 알간? 쓸데없는 생각 하지 말고 처자."

윈스턴은 그렇게 말하곤 방을 나갔다.

조금 이따 말소리가 들려왔다. 아마 윈스턴이 안방으로 건너가 나에 대한 이야기를 하는 것 같았다.

나는 윈스턴에게 맞은 머리를 쓰다듬었다. 제법 아팠다. 기분이 나쁠 만도 했다. 하지만 아무렇지도 않았다. 오히려 피식 웃음이 나왔다. 아버지에게 뺨을 맞았을 때 나왔던 웃음과는 전혀 다른 종류였다. 나는 자리에 누워 그 차이에 대해 생각했다.

윈스턴의 말처럼 윈스턴의 어머니는 너무나 쉽게 나와의 동거를 허락해 주었다.

처음엔 녀석이 워낙 제멋대로라 내놓은 건가 싶었지만 윈스턴과 지낸 지 며칠 되지 않아 진짜 이유를 알 수 있었다. 가까이서 본 윈스턴은 내 생각과는 전혀 다른 녀석이었다. 학교 안의 윈스턴은 상습 지각에 수업을 가리지 않고 잠을 자는 불량학생이었다. 하루는 학교에 가서 딱 두 번 눈을 감았다 뜨니 집에 갈 시간이었다며 행복한 얼굴로 돌아왔다. 당연히 성적은 바닥이었다. 선생들은 윈스턴이 매일 밤 친구들과 어울려 돌아다니거나 게임에 빠진 걸로 생각했다.

하지만 학교 밖의 윈스턴은 달랐다. 녀석은 매일 새벽에 일어나 학교에 가기 전 신문 배달을 했다. 그리고 방과 후엔 피자 배달이 이어졌다. 일이 끝나고 집에 오면 씻고 자기 바빴다. 학교에서 졸았던 것은 피곤했기 때문이다. 그렇게 벌어들인 돈은 녀석이 꼭 써야 할 최소한의 돈만 제외하고 어머니에게 드렸다.

윈스턴의 아버지는 녀석이 중학교에 입학할 때 사업에 실패하고는 곧 암으로 쓰러져 삼 년간 투병하다 돌아가셨다. 상속 포기를 통해 아버지가 남긴 빚더미에 앉는 것은 피했지만 아버지가 회사를 운영하며 어머니 이름으로 보증을 선 것이 남아 있었다. 윈스턴은 고등학교에 올라가며 알바를 시작했다. 누가 시켜서도 아니고 스스로 시작한 일이었다. 어머니는 하지 말란 말을 못 했다.

터치하지 않는다는 것은 녀석을 믿고 있다는 의미였다. 어머니뿐 아니라 신문 배급소 소장과 피자 가게 주인 부부 역시 윈스턴을 신뢰했다. 학교 밖의 윈스턴은 성실한 성품의 효자였다.

이전에 윈스턴에 대해 아는 것이라곤 외제 담배를 피운다는 것뿐이었는데 나는 그것만으로 윈스턴을 빤한 놈이라고 생각했다. 하지만 윈스턴은 담배마저도 실은 거의 피우지 않았다. 윈스턴에게 흡연이란 하나의 의식처럼 보였다. 윈스턴은 늘 피곤에 절어 있으면서도 집에 들어올 때만큼은 밝은 얼굴이었다. 하지만 아주 가끔 녀석의 얼굴에도 그늘이 질 때가 있었다. 윈스턴은 그럴 때면 담배를 꺼내 옥상으로 올라갔다.

오늘이 바로 그런 날이었다. 녀석은 한숨을 내쉬듯 길게 연기를 내뿜었다. 그러고는 연기 속에서 무언가를 찾는 것처럼 뚫어져라 밤하늘을 바라보았다. 나는 윈스턴에게 이 의식의 의미를 묻고 싶었다. 하지만 왠지 쉽게 질문을 던지기가 힘들었다. 내가 말을 할 수 있었어도 마찬가지였을 것이다.

"근데 너 진짜 학교는 안 갈 거냐."

윈스턴이 뜬금없이 물었다.

학교를 그만둘 생각은 없었다. 하지만 윈스턴의 집에 머문 지 얼마 되지 않아 발표된 플라이맨의 기사는 학교뿐 아니라 이 세상에서 내가 있을 자리를 없애 버렸다.

플라이맨은 내가 최면 상태에서 한 이야기 중 자신이 쓰고 싶은 기사에 적당한 재료들만 골라 먹음직하게 요리한 후 진실이란 이름을 붙였다. 나는 그 진실을 끝까지 읽지 못했다. 읽어 가면 갈수록 그만큼의 고통이 더해졌다. 나는 내 안의 고통을 뱉어 내고 싶었지만 내 입에선 신음조차 흘러나오지 않았다. 고통은 목과 가슴 사이 어디엔가 머물렀다.

플라이맨이 내놓은 진실은 좌초된 유조선에서 흘러나오는 기름처럼 인터넷의 바다에 퍼져 나갔다. 이 더러운 뉴스는 바위 틈새에 들러붙은 기름때처럼 사람들 마음에 달라붙어 그들 안에 잠재되어 있던 분노에 불을 지폈다. 대중은 여울이의 심장을 멈추게 한 살인자에게 사형을 언도했다.

사람들은 형을 집행하기 위해 나를 찾았다. 플라이맨이 쓴 기사와 사건 당시 기사들, 그리고 우리 학교 아이들을 통해 나의 존재가 드러났다. 나의 실명과 사진이 인터넷에 나돌았다. 나는 학교를 가기는커녕 문밖으로 나가지도 못했다.

하지만 집 안에 꽁꽁 숨어 있어도 밤마다 찾아오는 악몽은 막을 수가 없었다. 본편보다 나은 속편은 없다는 말이 무색하게도 플라이맨의 기사가 나온 후로 그동안 나를 괴롭히던 악몽은 더욱 강력하고 잔인해졌다.

속편은 시작 지점이 음악실로 바뀌었다. 눈을 뜨면 나는 음악실에 벌거벗은 채로 누워 있다. 일어나 주위를 살피니 음악실 가장 뒷자리에 여학생 한 명이 고개를 숙이고 엎드려 있다. 나는 본능적으로 몸을 웅크리며 혹시나 여학생이 고개를 들까 조심조심 음악실을 빠져나온다. 복도는 텅 비었다. 나는 체육복이라도 걸치기 위해 사물함을 찾아간다. 사물함은 교실 바로 앞에 있다. 교실은 한창 수업 중이다. 나는 혹시나 들킬까 자세를 낮추고 사물함에 다가가 키의 번호를 맞춘다. 이제 됐다 싶은 맘으로 문을 열지만 안에는 신문만 덜렁 있다. 그때 갑자기 스피커에서 종이 울린다. 교실 안의 아이들이 일제히 벌떡 일어나 내 쪽을 본다. 나는 급히 신문을 꺼내 가능한 한 몸을 가린 후 남은 뭉치를 들고 도망친다. 힐끗 돌아보니 아이들이 뒤따라 몰려나온다. 나는 운동장으로 나와 교문을 통과한다. 그리고 다시 횡단보도.

나는 이번 꿈에선 신호를 기다리지 않고 횡단보도를 건넌다. 중간쯤 건너갈 무렵 갑자기 눈앞으로 하얀 물체가 홱 지나간다. 깜짝 놀라 들고 있던 신문지를 떨어뜨린다. 돌아보면 검은 옷을 입은 남자가 서 있다. 늘 내가 트럭에 치이기 직전 옆을 지나가던 행인 말이다. 도움을 요청하려 했지만 늘 그냥 가 버렸던 그 남자. 늘 뒷모습만 보였던 그가 드디어 얼굴을 드러낸 것이다. 검은 목사복을 입은 아버지다. 그곳엔 무표정한 얼굴로 야구공을 든 아버지가 서 있다.

그사이 아이들이 우르르 몰려와 횡단보도 주위를 둘러싼다. 포위당한 나를 뒤에서 누가 툭 친다. 돌아보면 마스크를 쓴 포수가 내게 손가락질을 한다. 내 몸을 가리던 신문지는 유니폼으로 변했고 들고 다니던 뭉치는 배트로 변했다. 나는 놀라 포수를 봤지만 가까운 거리인데도 마스크 너머의 얼굴이 보이지 않는다. 갑자기 머리 뒤쪽에서 공이 날아온다. 나는 놀라 엎드렸다. 아버지가 공을 던진 것이다. 포수는 아무렇지도 않은 듯 다시 공을 아버지에게 던지고 아버지는 다시 나를 향해 와인드업 자세를 취한다. 갑자기 분노가 치솟는다. 나는 이를 악물고 타격 자세를 잡는다. 아버지가 공을 던진다. 의외로 공은 느리게 온다. 나는 그에 맞춰 힘차게 스윙을 한다. 공은 정확히 배트 중심에 맞고 나는 미소 짓는다. 하지만 공을 밀어내지 못한다. 오히려 배트가 뒤로 밀려간다. 결국 배트가 부러지며 나는 쓰러진다. 배트는 다시 종잇장으로 변하고 내가 입고 있던 유니폼 역시 갈기갈기 찢어진 신문이 되어 나뒹군다. 나는 수치심에 몸을 웅크린 채 뒤로 물러서다 포수와 부딪힌다. 포수가 바닥에 굴러다니는 신문지 한 장을 나에게 들이민다. 플라이맨의 기사다. 놀라 포수를 보는데 마스크 너머의 눈동자가 보인다.

여울이다. 윤여울.

저 눈은 무얼 말하고 있는가. 날 보며 어떤 얼굴을 하고 있는 것인가.

나는 마스크를 벗기고 싶었다. 하지만 여울이는 천천히 돌아선다. 쫓아가려 했지만 아이들이 길을 막는다. 나는 벌거벗은 것도 잊고 여울이를 쫓아 봤지만 아이들이 만든 움직이는 장벽을 벗어날 수가 없다. 내가 인의 장벽에 밀려 넘어지자 아이들이 일제히 웃는다. 그 웃음소리가 내 심장을 파고든다. 귀를 틀어막고 버둥거리는데 갑자기 웃음소리가 멈춘다. 고개를 드니 아이들의 손에 야구공이 들려 있다. 아이들은 무표정한 얼굴로 일제히 와인드업을 하곤 나에게 공을 던진다.

그 순간 나는 벌떡 일어났다. 옆에는 윈스턴이 코를 골며 자고 있었다. 시계를 보니 이제 겨우 새벽 두 시였다. 다시 잠들기가 두려웠다. 나는 잠든 윈스턴을 넘어 책상 서랍을 열고 담배를 찾았다. 반쯤 구겨진 담뱃갑이 보였다. 안에는 달랑 한 개비가 남아 있었다. 나는 우리 집에 있는 라이터 대신 마련한 싸구려 라이터를 들고 문을 나섰다.

옥상은 추웠다. 서늘한 기운에 뒤를 돌아봤지만 아무도 없었다. 덕분에 졸음은 달아났다. 나는 담배를 꺼내 입에 물었다. 불을 붙이고 어중간하게 연기를 마셨다 뱉어 내자 밤하늘에 연기들이 퍼져 나갔다. 에어쇼에서 비행기들이 글자를 쓰는 것처럼 어지럽게 흩어진 연기는 말로 표현 못 하는 내 마음을 보여 주는 것 같았다. 문득 윈스턴에게 담배를 피운다는 것이 어떤 의미인지 알 것 같았다.

녀석의 입은 쉴 새 없이 움직였지만 정말 하고 싶은 말은 늘 윈스턴의 마음속에만 머물렀다. 들어 줄 이가 없기 때문이다. 그래서 여기 올라와 마음속의 말들을 연기로 뱉은 것이다.

독한 담배를 피워서인지 머리가 핑 돌았다. 나는 비틀거리며 난간에 다가가 아래로 침을 뱉었다. 몇 초 후 침이 떨어지는 소리가 들렸다. 계단으로 올라온다면 욕이 나올 만큼 먼 거리겠지만 달리 보면 이렇게 가깝다.

여울이는 지금 어디서 무엇을 하고 있을까. 나는 여울이한테 무슨 짓을 한 것일까.

나는 바닥을 내려다봤다. 앞으로 여울이가 있는 곳에 가려면 수십 년 동안 보이지 않는 계단을 올라가야 한다. 매일 밤을 뜬 눈으로 새우며 무거운 짐을 나 홀로 짊어지고 걸어야 할 것이다.

꼭 그럴 필요가 있을까.

여울이와 나는 다른 세상에 있지만 둘 사이의 거리는 의외로 가깝다. 지금 만나러 가면 되지 않나. 여울이 입으로 모든 것을 들으면 되지 않을까. 리셋이 아니라 아예 전원을 꺼 버리면 어떨까.

나는 침을 모으며 철봉 위에 몸을 걸듯 난간 아래로 몸을 내밀었다. 그러고는 바닥을 바라보며 입을 열었다. 침을 뱉으려는 순간, 몸이 휘청했다.

이 세상에서 저세상으로 가는 데 필요한 만큼의 시간이 흘렀다. 내 눈에 검은 하늘이 보였다. 천국도 지옥도 아닌 이 세상의 하늘이었다. 나는 옥상 바닥에 누워 있었다.

뒤에서 나를 끌어안은 윈스턴이 말했다.

"너 이 새끼……."

나는 침을 꿀꺽 삼켰다.

"돛대는 부모 형제도 안 주는 거라고 그랬지!"

윈스턴이 말했다.

나는 소리 내어 웃고 싶었지만 웃을 수가 없었다.

"어디 가려거든 열 보루 사 놓고 가라. 알겠냐?"

나는 대답 대신 뒤에서 나를 끌어안고 있는 녀석의 오른손을 툭툭 쳤다.

윈스턴은 어젯밤 침대에서 떨어진 아기를 두고 출근하는 아버지처럼 문 앞을 떠나지 못했다. 나는 웃으며 어서 가라고 손짓을 했다.

"열 보루라고 그랬다."

녀석이 말했다.

나는 웃음을 거두고 고개를 끄덕였다. 윈스턴은 그제야 돌아섰다.

홀로 남은 나는 담배 열 보루 살 돈을 마련하기 위해 컴퓨터를 켰다. 옥상에 다시 가기 위해서는 아니다. 악몽도 쫓아오지 못한 곳까지 따라와 나를 잡아 준 친구에게 고마움을 표하고 싶었다. 그게 아니더라도 돈은 필요했다. 계속 윈스턴에게 신세만 질 수는 없으니까.

나는 내 게임 아이템을 정리하기로 했다. 일단 담배를 사고 남은 돈은 생활비에 보탤 생각이었다. 아이디와 패스워드를 적고 엔터를 누르자 내 캐릭터 수다쟁이 조가 나타났다. 화면 왼쪽 상단에 빨간 'new' 표시가 깜빡거렸다. 간만에 왔더니 쪽지가 쌓여 있었다. 별생각 없이 클릭했다. 새 창이 열렸고 나는 반쯤 열려 있던 입을 다물었다.

전부 엘이 보낸 쪽지였다. 엘에게만은 속내를 털어놓았었다. 각색을 한 부분도 있었지만 기사가 터진 지금, 엘은 내가 괴담남이라는 것을 알 것이다. 날짜를 살펴보니 기사가 나고 내가 게임상에서 사라진 다음 날부터 보낸 것이다. 무슨 내용일지 모르지만 확인하기가 두려웠다. 커서를 삭제 버튼 위에 올려놨다. 하지만 손가락이 움직이지 않았다.

서울로 전학을 오고 학교에선 목사 아들임을 숨기고 살았다. 덕분에 자유롭게 친구들과 어울려 지냈지만, 어느 지점에 가서는 늘 거짓을 말해야만 하는 관계는 그 이상 깊어지지 못했다. 그렇다고 교회 녀석들과 잘 지낸 것도 아니었다. 비밀을 지켜야 했던 나는 교회 아이들과는 철저히 거리를 두었다. 서울에 오고 무려 사 년의 시간이 흘렀지만 친구라 부를 수 있는 존재는 많지 않았다. 그것은 기억에 없는 지난 반년도 마찬가지일 것이다. 입학하자마자 여울이와 엮여 버린 나는 여울이가 그랬듯 아이들 사이에서 이방인 취급을 당한 것이 분명했다. 그러지 않고서야 아무리 소문이 흉흉했다고 한들 단 한 명도 나에게 다가오지 않은 것은 설명이 되지 않았다. 나는 나를 숨겨야만 친구를 사귈 수 있었다. 나를 숨기려니 이미 곁에 있는 친구들은 멀리해야 했다. 하지만 나를 숨겨서는 진정한 친구를 사귈 수 없었다.

엘은 이 모순 속에서 사귄 유일한 친구였다. 얼굴 한 번 본 적 없는 사이고 앞으로도 볼 일이 없을 사이였지만 오히려 그런 관계였기에 엘에게만은 나를 숨기지 않았다. 집에서도 학교에서도 쫓겨나고 세상이 적으로 돌아선 것 같은 지금, 한없이 가벼워만 보였던 엘과 나의 관계는 클릭 한 번으로 정리하기엔 너무 무거웠다. 나는 커서를 움직여 쪽지를 열었다.

목요일 오전 열한 시. KFC xx점 2층.

다른 쪽지의 내용도 전부 같았다. 이 한 줄이 다였다.

혼란스러웠다. 상식적으로 보면 만나자는 뜻이겠지만 다시 상식적으로 생각해 보면 만날 이유가 없었다. 혹시 유출된 내 사진이 맘에 들었나 싶었지만 곧 속으로 욕을 하며 내 뺨을 쳤다. 이런 상황에서 어떻게 그런 생각이 날까. 스스로도 내 머릿속을 이해할 수 없었다.

시계를 봤다. 열 시다. 이 문제는 책상 위에서 풀 수 없었다. 목요일 오전 열한 시에 KFC xx점 2층에 가야만 답이 나오는 문제였다. 오늘을 놓치면 일주일을 기다려야 했다. 걸어가도 열한 시까지 도착하기엔 여유가 있었다. 마침 배도 고팠다. 무엇보다 앞으로 일주일 동안이나 어처구니없는 생각을 떠올리며 보내기는 싫었다. 나는 자리에서 일어났다.

낮에 아파트 밖으로 나오기는 삼 주 만이었다. 지난밤에 느꼈던 계절의 변화가 햇살 아래 선명하게 보였다. 모자를 쓰고 후드까지 덮어도 어색하지 않은 날씨였다. 마스크도 쓸까 생각했지만 오히려 튈 것 같아 관뒀다. 오랜만에 땅을 밟았기 때문일까. 발바닥에서부터 정수리까지 전해져 오는 느낌이 낯설었다.

단지를 벗어나 코너를 도는데 못 보던 건물이 있었다. 삼 주 만에 건물이 세워졌을 리는 없었다. 살펴보니 건물 외벽만 단장을 한 것이다. 그래도 전과는 전혀 다른 건물처럼 보였다. 내가 아파트에 박혀 있는 동안에도 세상은 빠르게 변하고 있었다.

주변을 둘러봤다. 평일 오전의 주택가는 폐장 직전의 백화점처럼 한산했다. 평소 이 골목의 지배자인 꼬마 녀석들은 교실에서 몸을 꼬고 있을 테고, 그 꼬마 녀석들의 지배자인 엄마들은 남편과 아이들을 보내고 맞이한 여유를 아침 드라마와 함께 누리고 있을 것이다. 모두들 있어야 할 시간, 있어야 할 자리에 있었다. 이 거리의 주인도 손님도 아닌 나는 갈 곳을 잃고 멍하니 서 있었다.

그때 갑자기 '펑' 소리가 들렸다. 반대편 도로에 차를 댄 뻥튀기 장수였다. 번뜩 정신이 들었다. 그만 십 분이나 흘려보냈다. 이러다가 늦겠다. 나는 다시 발걸음을 옮겼다. 하지만 몇 걸음 못 가 또 멈췄다. 맞은편 100미터 전방에서 지금 이 자리에 있으면 안 되는 존재가 걸어왔다. 우리 학교 교복을 입은 여학생이었다.

아파서 조퇴한 건가? 아니면 땡땡이? 날라리처럼은 보이지 않는다. 하긴 나는 날라리라서 지금 이러고 있나? 아니 그것보다 날 알아보지 않을까?

머릿속이 막 끓기 시작한 물처럼 질문들로 부글거렸다. 그 아이는 다가오는데 나는 주술에 걸린 것처럼 꼼짝도 못 했다. 악몽의 트럭 앞에 서 있는 것 같았다. 마침내 그 아이가 내 앞까지 오자 나는 숨을 멈춰 버렸다.

나는 죽었어. 지나가.

그 아이는 내가 보이지 않는 것처럼 눈길도 주지 않고 지나쳤다. 안도의 한숨을 내쉬는 순간 느릿한 목소리가 내 목덜미를 움켜쥐었다.

"저기."

그 한 마디에 나는 뛰었다. 뒤에서 뭐라 하는 것 같았지만 그 단어들이 내 귀에 닿기 전에 나는 그곳을 벗어났다.

더는 달리기 힘들 즈음 나는 약속 장소에 도착했다. 열한 시 칠 분 전이었다.

2층짜리 패스트푸드점. 유리벽 안으로 몇몇 사람들이 보였다. 유리벽 너머 한 여자 손님이 커피를 마시다 고개를 들었다. 나는 얼른 눈을 피했다. 갑자기 도망치고 싶었다. 대체 만나서 무엇을 하겠나. 좋은 말이 나올 리가 없었다. 당장 달아나지 않으면 큰일이 날 것 같았다. 그 충동에 떠밀려 돌아선 내 눈에 내가 방금 뛰어온 길이 보였다.

아까 그 아이는 왜 내게 말을 걸었을까. 아니 정말 말을 걸기는 했던 걸까.

나는 다시 돌아섰다. 여자 손님은 아무 일도 없다는 듯이 커피를 마시며 잡지를 봤다. 나를 본 것이 아니었다.

내 안에는 멈추고 생각하라고 말하는 목소리와 충동대로 행동하라고 떠미는 목소리가 있다. 이것 역시 요즘에야 구별하게 되었다. 이 충동에 따라 나는 여울이를 걷어찼고 자폐아의 그림을 찢었다. 전학 온 첫날 아버지의 직업을 속였을 때도 그랬다. 계속 이렇게 살 수는 없었다. 매일 악몽에 시달리고 멀리서 우리 학교 교복만 봐도 겁에 질려 살기는 싫었다.

나는 문을 열었다.

카운터를 지나쳐 바로 2층으로 올라갔다. 다 올라가지 않고 계단 난간에 숨어 손님들을 훑어보았다. 이른 시간이라 손님이 별로 없었다. 창가에 할머니와 손자로 보이는 꼬마가 있었고 혼자 커피를 마시며 뭔가 종이에 끼적거리고 있는 중년의 남자가 다였다. 날 알아볼 만한 사람은 없었다. 나는 화장실로 갔다.

거울을 보며 흐트러진 옷매무새를 살폈다. 후줄근한 모습이 맘에 들지 않았다. 문득 스스로가 한심하게 느껴졌다. 소개팅이라도 하려고 나온 건가. 방금 전만 해도 도망치려고 했던 주제에 이런 생각이나 하고 있는 내가 웃겼다.

화장실 문이 열리고 할머니와 함께 있던 꼬마가 들어왔다. 녀석은 거울 앞의 나를 보더니 소변기 앞에 섰다. 소변기가 자동으로 물을 내리는 짧은 시간 동안 꼬마는 몇 번이나 나를 보았다. 내 한심한 생각이 읽히는 것 같아 나는 밖으로 나왔다.

열한 시 이 분 전. 여전히 홀에는 할머니와 중년의 남자 그리고 내가 있었다. 나는 2층으로 올라오는 사람이 잘 보이는 자리에 앉았다. 꼬마가 화장실에서 나왔다. 녀석이 홀을 둘러보다 나와 눈이 마주치자 할머니에게 달려갔다. 혹시 나를 알아보는 건가. 컴퓨터 앞에서 사는 요즘 꼬마들이라면 그럴 것도 같았다. 녀석이 할머니와 이야기를 하며 내 쪽을 봤다. 할머니도 나를 돌아보았다.

중년 남자가 흩어져 있던 종이들을 모으더니 자리에서 일어났다. 할머니와 꼬마 역시 먹고 있던 햄버거 세트를 챙겨 일어났다. 열한 시 일 분 전. 조용하던 홀이 갑자기 요동쳤다. 중년 남자는 내 쪽으로 오는가 싶더니 그대로 계단을 내려갔다. 대신 할머니와 꼬마가 나에게 다가왔다. 생각할 틈도 없이 할머니와 꼬마가 내 앞에 섰다.

어쩔 줄 모르는 나에게 할머니가 말했다.

"조?"

열한 시.

엘이 나타났다.

10_ 마법사 엘의 지혜

엘이 실은 남자거나 추녀일 거라는 추측은 많았다. 몇몇은 꼬마일 거라는 주장도 했지만 할머니라고는 아무도 생각하지 못했다.

"나이가 드니 밤잠도 적어지고 집에 혼자 있으면 심심하고…… 의외로 막상 해 보니 나한테 맞는다 싶고……."

엘 할머니가 말했다.

롤플레잉게임은 별다른 테크닉이 필요 없다. 얼마나 시간을 투자하고 몰두하느냐가 중요하다. 흔한 일은 아니었지만 아빠가 아들과 친해지기 위해 게임에 뛰어들었다가 만렙을 찍고 유명인사가 되었던 적도 있다.

"그건 그렇고 정말 나올 줄은 몰랐구나. 손녀는 안 나오고는 못 배길 거라고 했다만……."

엘 할머니가 말했다.

손녀 엘이 어떤 얼굴로 그 말을 했을지 눈에 선하다.

사진은 가짜가 아니었다. 엘은 사진 속의 예쁜 여고생이었다. 다만 혼자가 아니라 둘이었다. 손녀 엘이 학교에 가면 할머니 엘이 바통을 이어받았다. 초창기에 가입자를 유치하기 위해 이벤트를 열다 보니 경쟁이 심해졌고 백수들과 싸우기엔 힘에 부쳤던 손녀 엘이 무료한 할머니를 끌어들인 것이다. 종종 다른 사람이 된 것처럼 엘의 말투가 바뀌었던 것이 이해가 갔다.

"실망을 시켜서 어쩌나? 이런 할머니가 나올 줄은 몰랐을 텐데."

엘 할머니가 말했다.

빈말이라도 아니라고 해야 할 타이밍인데 말을 못 하니 어색하게 웃고 말았다. 하지만 지금 내 얼굴이 그리 나쁘지는 않을 것이다. 이 자리에 오기까지는 두려움도 컸는데 한결 마음이 편해졌다. 엘 할머니에게선 나쁜 마음이 느껴지지 않았다. 나는 손녀 엘이었다면 쉽지 않았을 질문을 문자로 적어 할머니에게 보였다.

〔그런데 왜 절 보자고 하신 건가요?〕

"어? 어…… 그게……."

할머니는 나올 게 빤한 질문에 당황해했다. 덕분에 나까지 당황스러웠다. 할머니는 예상치 않은 부분에서 나온 시험문제를 푸는 소녀처럼 인상을 찡그리더니 곧 요란하게 웃었다.

한참을 웃다가 할머니가 말했다.

"아이고, 미안하다. 요즘 너희들 말로 하면 벙찌겠구나. 그렇지?"

나는 콜라를 뿜었다.

"어? 혹시 빵 터진 건가?"

나는 침까지 흘렸다.

"드러—."

꼬마가 햄버거를 먹다가 불쾌하다는 듯 말했다.

미안하다. 미안해. 하지만 벙찐다와 빵 터진다를 콤보로 구사하는 할머니를 어디서 만난단 말인가.

"이게 그렇게 웃긴가? 다 너랑 이야기하면서 배운 건데……."

할머니가 말했다.

그렇구나. 느낌이 달랐던 두 명의 엘 중 할머니가 누구였는지 감이 왔다. 내가 대화를 많이 나눈 엘은 할머니 쪽이었다.

"원래 널 한 번쯤 만나고 싶긴 했단다. 다들 우리 손녀한테 어떻게 하면 잘 보일까 애쓰는데 넌 달랐거든. 넌 너의 이야기를 다 꺼내 놓았지. 굳이 하지 않아도 될 이야기까지. 거짓이 아예 없었던 건 아니었지만……."

얼굴이 화끈거렸다.

할머니는 빙긋 웃더니 계속 말했다.

"우리 손녀도 너를 다른 사람들하고는 다르게 생각했단다. 기사를 읽기 전까진."

망할 플라이맨.

"나도 그 기사를 읽고 많이 놀라긴 했지. 이게 정말인가. 여기에 나온 아이가 정말 나와 대화를 나누던 그 수다쟁이 조가 맞나. 역시 사람은 모르는 거로구나 하고……."

나는 고개를 숙였다.

"고개를 들어요."

갑자기 할머니가 존대를 했다. 부드러운 목소리였지만 힘이 있었다. 가끔 내 마음에서 들리는 그 목소리 같았다.

나는 고개를 들었다.

할머니가 감자튀김을 집었다.

"우리 손녀가 그러더구나. 하나님은 감자를 만드셨고 악마는 그걸로 감자튀김을 만들었다고."

할머니는 튀김을 입에 넣고는 인상을 썼다.

"진실이란 건 텁텁해서 잘 넘어가지 않는 경우가 많단다. 그래서 자꾸들 진실을 외면하려는 게야. 자신이 보고 싶은 것만 보면서 살려는 거지."

할머니는 손에 묻은 기름을 닦아 내며 말했다.

"그 기사는 흥미가 동하지만 너무 자극적이야. 아무리 바싹 튀겨 내도 노련한 주부란 알아채는 법이거든. 이게 좋은 감자인지 아니면 불량 감자인지 말이야. 직접 만난 건 오늘이 처음이지만 나는 그동안 너와 많은 대화를 나눠 왔다. 내 감은 네가 그럴 아이가 아니라고 말하더구나. 착각인가?"

할머니는 말을 마치고 내 눈을 바라보았다. 나는 시선을 피했다.

〔저도 잘 모르겠어요.〕

"알고 싶기는 한 거냐?"

할머니의 말에 휴대폰 위의 내 손가락은 길을 잃었다.

모르겠다. 처음엔 피하고만 싶었다. 그래도 최면까지 받아 가며 진실을 알려고 했잖아. 하지만 내가 확인하게 된 것은 내 더러운 마음뿐이다. 무엇을 얼마나 더 알아야 하나.

"죽이고 싶은 사람이 있었다."

엘 할머니가 말했다.

나는 난데없는 말에 흠칫했다. 갑자기 무슨 이야기를 하는 거지.

"넌 그런 사람 없었니?"

엘 할머니가 빙긋 웃었다.

미웠던 사람이라면 많이 있다. 흠씬 패 주고 싶었던 사람들. 하지만 죽이고 싶었던 사람은 없었다. 어떤 일을 당하면 그 정도의 분노를 품게 될까.

"이유는 말하지 않으마. 중요한 것이 아니니까. 그냥 나한테 아주 큰 잘못을 했다고 생각하면 된다. 나는 매일매일 그 사람을 저주하며 살았단다. 그러던 어느 날 나도 모르게 그 사람 집 앞에 가 있더구나. 칼을 숨기고서 말이야."

두려움과 호기심은 한 쌍인 모양이다. 할머니의 입에서 대체 무슨 이야기가 나오는 것인지 무서우면서도 다음 이야기가 궁금했다. 나는 긴장하며 귀를 기울였다.

"퇴근 시간이 되었는지 그 사람이 돌아오더구나. 나는 그 사람 뒤로 다가서 인사를 하고는 그 사람이 돌아설 때 칼로 그 사람을 찔렀단다."

맙소사.

"매일 그 사람이 벌을 받길 원했는데…… 정말 죽었으면 좋겠다고 생각했는데…… 그러면 통쾌하겠다고 생각했는데 막상 그런 일을 저지르고 나니 갑자기 머리끝까지 차올랐던 분노는 사라져 버리고 이제 어떻게 하나 싶더라. 살인자가 되어 버렸잖니. 어쩔 줄 모르고 칼을 들고 서 있다가 그만 주저앉아 엉엉 울어 버렸지."

엘이 할머니인 것도 모자라 살인자라니. 순간 정신이 멍해졌다. 그러면서도 나는 할머니가 흘린 그 눈물에 어떤 마음이 담겨 있었는지 알 것 같았다. 역시 나는 무언가를 저질러 버린 것일까.

"그렇게 울면서 잠에서 깼단다."

엘 할머니의 말에 나는 몸이 뒤로 확 넘어갔다.

"많이 놀랐니? 미안하다. 놀리려고 한 말은 아니란다."

엘 할머니는 빙긋 웃었다.

〔당연히 놀랐죠. 그렇게 웃으며 말씀하시면 화난다고요.〕

"거짓말은 아니야. 정말 그런 꿈을 꿨단다. 그러고는 깨달았지. 아, 계속 이러면 안 되겠구나. 내가 제대로 살려면 이 마음을 버려야겠다. 용서해야겠다…… 그리고 그랬기 때문에 오늘이 있는 것이지."

엘 할머니는 손자를 사랑스러운 눈빛으로 바라보았다.

녀석은 할머니의 이야기를 아는지 모르는지 부지런히 자신의 앞에 놓인 음식들을 배 속에 집어넣고 있었다. 할머니는 그런 손자의 머리를 쓰다듬었다.

"사람이 다 자기 마음 가는 대로 살았다면 세상은 벌써 지옥이 됐을 거다. 나쁜 생각 한번 하지 않는 사람은 없어. 다만 그런 생각들을 바로 정리하는 사람이 있고 마음에 품는 사람들이 있을 뿐인 게지. 비우지 않고 담기만 하면 결국은 넘치잖니. 그것처럼 나쁜 생각들을 계속 품고 살면 어느 순간 그게 행동으로 나오게 되는 거지. 순간적으로 나쁜 생각을 했다고 해서 일어났는지도 모르는 일로 죄책감에 시달리지는 않았으면 좋겠다. 생각만이라면 이미 넌 충분히 반성하고 있는 거 같으니."

〔이미 품었으면 어쩌죠? 이미 저질러 버렸으면요?〕

할머니는 내 글을 보고 빙긋 웃더니 텅 빈 콜라 컵을 들어 보였다.

"이건 재활용이 되도록 만들어진 거지? 사람도 마찬가지야. 제아무리 쓰레기 같은 사람이라도 재활용이 안 되는 경우는 없어. 원래 그렇게 만들어졌거든. 진심으로 돌이키고 용서를 구하는 사람은 반드시 다시 살아난단다."

할머니가 콜라 컵을 나에게 건넸다.

"어느 쪽을 택할지는 너의 자유지만."

나는 건네받은 컵을 들고 쓰레기통을 바라봤다. 할머니와 대화를 나누는 동안 2층에도 손님들이 몇 들어왔다. 바쁜 점심을 패스트푸드로 간단히 때우려는 직장인들 같았다. 그들은 후다닥 식사를 마치고 나가며 쓰레기를 버렸다. 쓰레기통은 일반과 재활용으로 분리되어 있었지만 그들은 자신들이 먹고 남긴 쓰레기들을 쟁반째 일반 쓰레기통에 밀어 넣고는 계단 밑으로 사라졌다.

나는 그들이 품은 귀찮음과 그 결과로 버려진 작은 예의에 대해 생각했다. 그리고 그들이 버린 쓰레기들이 갈 곳을 생각했다. 내가 품은 마음은 정확히 무엇이었을까. 나는 어떤 일을 저질렀을까. 나는 정말 쓰레기 같은 짓을 한 걸까. 나는 기억하지 못한다. 떠올린다고 해도 그 일이 사라지지 않는다. 그래도 단 하나 내가 선택하고 행할 수 있는 일이 남아 있다.

마침내 햄버거와 튀김이 꼬마의 배 속으로 완전히 사라졌다. 나는 우리 테이블의 쓰레기들을 쟁반에 담아 쓰레기 수거함으로 걸어갔다. 그러고는 빈 컵을 재활용 수거함에 넣었다.

윈스턴은 내가 건넨 쇼핑백을 확인하더니 옥상 구석에 던져 버렸다.

"이 새끼야. 저거 뭐야? 진짜 가겠다고? 어딜?"

윈스턴은 바닥에 너부러진 담배들을 가리키며 말했다.

나는 손을 들어 윈스턴을 진정시키며 입 모양으로 '학교'라고 말했다.

"어?"

윈스턴은 잘 알아듣지 못했다. 아니면 믿을 수가 없었거나.

나는 문자를 찍어 보여 줬다.

〔학교로 돌아갈 거야. 집에도 들어갈 거고.〕

윈스턴은 문자를 보고도 자신이 제대로 본 것인지 의심스러운 듯 내 얼굴과 문자를 몇 번이나 번갈아 봤다.

"괜찮겠어?"

윈스턴이 말했다.

괜찮지 않을 것이다. 대강 예측되는 상황들만 생각해 봐도 끔찍했다. 하지만 언제까지나 미룰 수는 없었다.

나는 난간으로 다가섰다. 어둑해진 도로 위를 자동차 헤드라이트들이 채웠다. 그 옆으로 가로등과 줄지어 있는 가게 간판들이 번쩍거렸다. 해가 떨어진 거리엔 빛의 파도가 넘실거렸다. 저 빛의 주인들 중 내 편은 없었다. 내가 이곳을 벗어나자마자 저 파도는 나를 삼키려고 할 것이다. 하지만 파도가 그치는 날은 오지 않는다. 이 시멘트 뭍에서 갇혀 살기 싫다면 파도를 타는 법을 배워야 했다.

뒤를 돌아보자 윈스턴이 어정쩡한 포즈로 자신이 내팽개친 담배들을 쇼핑백에 넣고 있었다. 녀석이 씩 웃었다. 언젠가 저 녀석과 함께 이곳에서 소리 높여 웃고 싶다. 나는 그 어느 때보다도 말이 하고 싶어졌다.

11_ 타석에 서다

야구는 두려움과 싸우는 스포츠다.

시속 150킬로미터로 돌덩이같이 공이 날아온다. 컨트롤에 실패한 공에 머리를 맞으면 죽을 수도 있다. 하지만 공을 때리기 위해서는 뒷발로 땅을 단단히 딛고 날아오는 공을 향해 한 걸음 다가서야 한다. 위험을 피하려는 몸을 이끌고 앞으로 나가야 한다.

나는 어젯밤에 집으로 돌아왔다. 할아버지는 한여름에 땀을 뻘뻘 흘리면서도 언젠가 가을이 오리라는 걸 알고 있었던 농부처럼 담담하게 나를 맞았다. 엄마는 말없이 나를 안아 주었다. 아버지는 내가 고개를 가볍게 숙여 인사하자 어영부영 인사를 받는 것 같더니 곧 방으로 들어가 문을 닫고 말았다. 아직도 화를 내는 것 같기도 하고, 어떤 행동을 해야 할지 모르는 것 같기도 했다.

엄마는 그런 아버지를 매섭게 돌아보고는 다시 나를 끌어안았다.

"고생 많았지? 다 들었다."

엄마가 말했다.

내가 집을 떠나고 할아버지는 부모님에게 그간의 이야기들을 해 주었다고 한다. 플라이맨이 집에 찾아온 것과 할아버지와 함께 부산에 내려간 일, 그리고 돌아와 최면을 받은 것까지. 이후에 어떤 상황이 닥칠지는 분명했고 할아버지가 그에 대해 미리 마음의 준비를 시켰기에 플라이맨의 기사가 터진 후에도 부모님은 크게 동요하지 않았다.

오랜만에 엄마가 차려 준 밥을 먹었다. 아버지는 나오지 않았다. 할아버지와 엄마는 나를 믿는다고 격려해 주었다. 나는 아버지 방의 닫힌 문을 바라보았다.

"꼭 바로 학교로 가야겠니? 이왕 이렇게 된 거 조금 더 쉬다가 가도……."

엄마는 눈물을 글썽거렸다.

엄마의 눈물을 본 것이 언제였던가. 목사의 아내로 산다는 것은 목사의 자식으로 사는 것만큼이나 힘든 일일 것이다. 그 때문인지 엄마는 쉽게 자신의 감정을 드러내지 않았다. 반면에 할머니는 자신을 언제나 거침없이 표현했다. 그러고 보니 엄마가 할머니 앞에서 눈물을 보인 적이 있었다.

숙제를 미뤄 놓고 신 나게 놀다가 할머니의 미용실로 찾아갔던 날이다. 그대로 들어갔다간 아버지에게 혼날 것이 빤하니 할머니를 방패로 삼을 생각이었던 것이다. 하지만 미용실엔 의외의 손님이 있었다. 엄마였다.

엄마는 내 머리는 할머니에게 맡기면서도 자신은 다른 미용실을 다녔다. 시어머니에게 머리를 맡기기 어려워서 그랬던 것 같지만 그땐 정말 치사하게 느껴졌다. 그런 엄마가 미용실에 와 있으니 최동원이 삼성 유니폼을 입고 있는 것처럼 어색했다. 하지만 당황한 건 나뿐만이 아니었다.

엄마는 눈에 띄게 허둥거렸다. 늘 침착한 엄마에게서 그런 모습을 보기란 예나 지금이나 쉬운 일이 아니었다. 그런 엄마를 진정시킨 건 물론 할머니였다. 할머니는 엄마를 자리에 앉히고 머리카락을 잘라 주기 시작했다. 할머니가 가위질을 할 때마다 엄마의 긴 머리가 싹둑싹둑 잘려 나갔다. 잠시 진정한 것 같던 엄마는 거침없는 할머니의 가위질에 다시 당황스러움을 감추지 못했다. 하지만 할머니는 중간에 일어서는 것 따윈 용납하지 않는다. 엄마는 거울을 통해 공주처럼 길게 내려오던 자신의 긴 머리가 바닥에 떨어지는 걸 봐야만 했다. 곧 엄마의 눈에서도 눈물이 떨어지기 시작했다. 그걸 아는지 모르는지 할머니는 계속 가위질을 했고 나는 감히 끼어들 엄두도 못 낸 채 그 광경을 지켜만 봤다. 엄마의 우는 얼굴은 미용실의 형광등 불빛 아래 점점 분명히 드러났다. 마침내 할머니가 마지막 정리를 마치자 거울 속엔 늘 침착하고 조용한 태도로 자신을 감추던 긴 머리의 사모 대신 방금 첫사랑에게 차인 것같이 서럽게 우는 단발의 소녀가 보였다.

"예쁘나."

할머니가 바닥에 떨어진 머리카락을 쓸며 나에게 말했다.

나는 고개를 끄덕였고 단발머리 소녀는 환하게 웃었다.

그날 이후 엄마의 머리는 더 이상 자라지 않았다. 그 후로도 매일의 삶 속에서 나쁜 생각들은 머리카락처럼 조금씩 자라났을 것이다. 그것까지 막을 수는 없다. 하지만 엄마는 이전처럼 그것들이 길게 자라게 두지 않았다. 그게 엄마가 다시 웃을 수 있었던 이유고 지금도 나의 곁에 있는 이유다.

엄마. 너무 걱정하지 마요. 엄마처럼 다시 웃기 위해서 그리고 엄마 곁에 있기 위해서예요.

나는 여전히 짧은 엄마의 머리를 보며 당장 학교로 돌아갈 것을 다시 한 번 다짐했다.

드디어 결전의 아침이 왔다. 나는 배터박스 대신 횡단보도의 하얀 선 위에 섰다. 트럭이 날 덮친 바로 그곳이다. 나는 신호등과 몇 미터 떨어진 곳에 설치된 감시카메라를 보았다.

신호가 바뀐 것은 확실하다. 감시카메라가 대놓고 보고 있는 이곳에서 내가 신호를 어겼을 리는 없다. 다음 신호를 기다리기 싫었던 트럭이 서두르다 날 친 것이다. 하지만 정말 피할 수 없었을까. 싸움은 젬병이라도 야구로 단련된 동체시력과 운동능력은 살아 있었을 텐데.

날 괴롭히던 악몽을 떠올렸다. 마스크를 쓴 여울이와 목사복을 입고 공을 던지던 아버지, 그리고 날 처형하듯이 둘러싸 공을 던져 대던 아이들. 나는 그 모든 것에서 도망치기 위해 날아오는 볼을 일부러 피하지 않은 것은 아닐까. 나는 감시카메라의 검은 눈을 바라보며 그런 생각을 했다.

학교는 여기서 100미터도 되지 않는다. 나는 이미 이 사회에서 아웃 판정을 받았다. 한번 내려진 판정은 쉬이 번복되지 않는다. 사람들의 적의는 공보다 빠르고 트럭보다 크다. 나는 수없이 바닥을 뒹굴어야 할 것이다. 그래도 피하지 못해 맞기도 할 것이다. 그래도 나아가야 한다. 그러지 않으면 영원히 떠나야 한다.

나는 나를 아웃시킨 세상으로 돌아갔다.

비장한 각오를 하며 타석에 들어섰는데 입구에서 마주친 담임은 나를 학생부의 독방으로 보내 버렸다. 나에게서 아이들을 보호하고 싶었던 건지 그 반대였던 건지 모르지만 나는 무단결석에 대한 반성문과 사유서를 작성하며 오전을 보냈다.

조용한 방 안에서 나는 학교의 움직임을 느꼈다. 학교는 하나의 거대한 생명체처럼 나의 침투에 반응했다. 나는 바이러스였다. 생명과도 같은 학교의 평판을 자칫 바닥으로 끌어내릴 수도 있는 위험한 병균. 각 기관들은 신속하게 병균을 몰아내기 위해 움직였다.

그 첫 번째 단계는 격리였다. 문밖의 복도에서 인기척이 사라졌다. 내가 있는 건물 복도는 통제된 구역처럼 변해 버렸다. 창문 밖의 지나가는 학생들과 교사들의 숫자가 눈에 띄게 적었다. 모두들 땅만 보면서 걸었다. 저들은 내가 여기에 있는 것을 알고 있었다.

문이 열리고 담임이 들어왔다.

"아직까지 쓰고 있었어?"

나는 고개를 끄덕였다.

"그만 쓰고 일단 가 봐. 그리고 내일 부모님이랑 같이 바로 이리로 와라. 등교 시간 안 맞춰도 되니까 가능하신 시간 여쭤 보고 연락해."

담임은 내가 쓴 반성문과 사유서를 챙기며 말했다.

격리 다음은 몰아내기인가.

〔전학 가야 하는 건가요?〕

나는 반성문 여백에 글자를 적어 보였다.

"그게 편하지 않겠어? 널 위해서 그러는 거야."

담임은 멈칫하더니 반성문 뭉치를 책상에 아무렇게나 던져두었다.

편한 건 당신이겠지. 내가 아니라 학교를 위해서겠고.

“뭐 해? 어서 가 봐.”

담임이 손을 내저으며 말했다.

나는 문을 나섰다. 아직 수업 시간이라 복도는 조용했다. 점심시간이 되기 전, 누구와도 마주치기 힘든 시간이다.

학교 안에서 학생이 죽었다. 그것만으로도 치명적인데, 플라이맨의 기사 때문에 온갖 소문이 돌았다. 그리고 그 중심엔 내가 있었다. 학교 측은 어떻게든 이 일을 수습해야 했다. 그래서 무엇이 옳은가를 고민하는 대신 가장 쉽고 빠른 방법을 택했다. 나를 내보내는 것이다.

건물 밖으로 나와 음악실을 봤다. 창문엔 커튼이 드리워져 있었다. 사실, 담임의 말도 맞다. 나 역시 다른 학교로 가 버리는 편이 속이 편할 것이다. 하지만 처음엔 아무도 모르겠지만 이삿짐 속에 숨어 있는 바퀴벌레 알처럼 조용히 따라온 소문은 다른 곳에서 수백의 또 다른 이야기로 재생산될 것이다. 소문을 박멸시키는 방법은 회피가 아니라 진실이다. 그날, 저곳에서 무슨 일이 일어났는지 알아야 한다.

나는 뒷문으로 학교를 나섰다. 몇 걸음 가지 않았는데 땡땡이를 친 키다리와 덩치가 점심시간에 맞춰 돌아오고 있었다. 굳이 알은척을 할 필요는 없다는 생각에 그냥 지나치려고 했다. 하지만 녀석들 생각은 달랐다.

키다리가 나를 발견하고는 덩치에게 알렸다. 덩치의 얼굴이 굳어졌다. 그때라도 눈치를 챘어야 했는데.

바로 옆을 지나갈 때까지도 녀석들은 아무런 행동을 하지 않았다. 마침내 녀석들이 시야에서 사라졌을 때 누군가의 팔이 뒤에서부터 내 머리를 감쌌다. 땅을 보는 상태로 제압당했고 곧이어 무릎이 내 배를 향해 들어왔다. 녀석들은 쓰러진 나를 근처의 공원 화장실로 끌고 갔다.

키다리가 나를 화장실에 밀어 넣었다. 나는 다리에 힘이 풀려서 자빠졌지만 본능적으로 몸을 웅크리고 팔로 가드를 올렸다.

"팔 치워. 부러진다."

높낮이가 거의 없는 톤으로 덩치가 말했다.

제목이 가물가물한 어떤 조폭 영화에서 들었던 것 같은 말투였다. 그 영화의 주인공이 어떻게 되었더라. 결말을 떠올리기 전에 재차 공격이 들어왔다. 나는 소리 없는 비명을 질렀다.

"야, 말 못 하니까 조용하고 좋네."

키다리가 말했다.

틀림없다. 이 자식들, 나와 같은 영화를 봤다.

녀석들은 다시 나를 신 나게 때리다가 숨이 찰 무렵에야 멈췄다.

"너 왜 맞는지 알아?"

덩치가 물었다.

알 리가 있나. 그리고 너희 같은 놈들이 무슨 이유가 있어서 사람을 패냐.

"몰라?"

이번엔 키다리가 발로 내 목을 밟으며 말했다.

"순진하고 불쌍한 애를 꼬셔서 그 지경을 만들어 놓고도 네가 뭘 잘못했는지 몰라? 하긴 그러니까 뻔뻔하게 학교로 돌아왔지."

갑자기 영화가 달라졌다. 방금 전까진 조폭 영화의 주인공이었던 녀석들이 난데없이 배트맨과 로빈이 되었다. 사실 경우에 맞는 이야기이긴 하다. 지금의 나는 누가 봐도 악당이니까.

아마도 다른 사람에게 들었다면 동요했을 것이다. 하지만 너희들은 아니잖아. 너희들은 만화책을 갖다주지 않았다고 의자로 사람을 내리찍는 놈들이잖냐. 그런 놈들이 정의의 사도 행세를 해?

"우린 너 같은 새끼 못 봐줘. 그러니까 조용히 눈에 띄지 않게 살아라. 그게 우리가 해 줄 수 있는 최대한의 배려야. 알겠냐?"

덩치가 말했다.

나는 자칫 이 무식한 녀석이 내 목을 망가뜨릴까 싶어 고개를 끄덕였다.

"쓸데없이 입 나불거리지 마라."

갑자기 분위기가 또 달라졌다. 이번엔 무슨 영화인가.

"혀를 뽑아 버린다."

혀를 뽑아 버린다. 키다리의 말이 내 귀로 들어오는 순간 머릿속에서 거친 입자의 영상이 지나갔다. 영화가 아니었다. 핸드헬드 카메라처럼 흔들리는 영상 속에서 키다리가 내 멱살을 잡고 뭐라고 외치고 있었고 덩치는 그 뒤에서 소리를 질렀다. 정확히 들리진 않았지만 나는 덩치와 키다리가 무슨 말을 하는지 알 것 같았다.

'혀를 뽑아 버린다.'와 '야! 빨리 가자니까!'

속이 뒤집어졌다. 멀미가 날 것처럼 흔들리는 영상 때문은 아니었다. 혀를 뽑아 버린다. 그 말 때문이었다. 그 말에 내 마음의 판들이 움직였다. 상처들로 갈라져 있던 마음의 판들은 서로 격렬히 부딪혔고 그 충격으로 해일이 일어났다. 나는 급히 키다리의 구두를 밀어냈지만 그것을 저항으로 받아들인 키다리는 내 가슴을 밟았다. 그러는 동안에도 내 안에서 발생한 해일은 내 몸 구석구석을 덮쳤다. 마침내 더 이상 흘러갈 곳을 찾지 못한 고통들이 식도를 타고 역류했다. 나는 누운 자세로 토했고 그 토사물이 키다리의 구두에 묻었다. 녀석은 기겁을 했다. 쌍욕과 함께 헛발질을 해 댔지만 토사물은 잘 떨어지지 않았다. 화를 참지 못한 키다리는 내 옆구리에 발길질을 해 댔다. 나는 몸을 둥글게 말며 돌아누웠다. 녀석은 분이 풀릴 때까지 내 등을 찬 후에 내 몸에 토사물을 닦아 냈다. 바깥쪽에서 인기척이 들렸다. 동네 아줌마들 같았다.

"야, 됐어. 그만하고 가자."

덩치의 목소리가 들렸다.

"에이씨…… 하여튼 우리 눈에 띄면 뒈진다. 알겠냐?"

녀석들은 내 대답도 듣지 않고 나갔다.

그래, 알았다. 분명 아까 내 머릿속에서 재생된 영상은 영화가 아닌 언젠가 목격한 실제 상황이다. 놈들과 나는 같은 공간에 있었다. 그리고 무슨 일인지 모르지만 나는 봐서는 안 될 것을 봤다.

"무슨 일이긴, 뻔하지! 그 새끼들이 무슨 짓을 저지른 게 분명해. 경찰에 연락하자."

저녁에 옥상에서 만난 윈스턴은 펄펄 뛰며 말했다.

나는 휴대폰을 꺼내 드는 윈스턴의 팔을 잡았다.

"왜?"

〔이걸로는 안 돼. 실제로 그 자식들이 무슨 짓을 했다고 해도 아무것도 입증할 수 없어.〕

"그럼 어째? 당장 다음 주에 만나면 널 잡아먹으려고 들 텐데……."

과장이 아니었다. 내 피부를 찢을 날카로운 이만 있다면 녀석들은 정말 나를 잡아먹으려 들 것이다. 게다가 학교도 나를 골

칫거리 취급하며 몰아내려고 했다.

1회 말부터 핀치에 몰렸다.

12_구원 등판

키다리와 덩치는 어떻게든 할 수 있었다. 또 어떻게든 해야 했다. 하지만 학교를 상대하는 것은 결국 내가 아니라 부모님이었다. 아버지는 날 믿는지조차 모르겠다. 엄마는 날 믿는다고 했다. 하지만 그건 확신이라기보다 바람과 같은 것일 테다. 진실이 어떻든 엄마는 날 안아 주겠지만 학교 측을 상대로 내 뜻대로 싸워 줄지는 의문이었다. 학교를 다시 가는 것도 만류한 엄마다. 어쩌면 엄마 스스로도 전학을 가는 편이 좋다고 생각할지도 모른다. 그렇다면 남는 것은 한 사람뿐이다.

"공갈포(파워가 있고 스윙이 커서 타율은 낮지만 홈런이 많은 타자를 가리키는 말)를 상대하는 법은 쉽다. 금마들은 머리싸움을 할 줄 모르고 참을성이 없거든. 지들이 좋아하는 코스에서 한 개쯤 빠지는 볼을 던지거나 유인구로 떨어뜨리면 여지없다. 잘해야 땅볼에 병살이다. 그런데 왜 뚜드려 맞는 일이 생기느냐? 쓸데없이 겁을 내서 그런 기야. 맞으믄 넘어가 뻔다는 생각에 긴장을 해 갖고 컨트롤이 엉키는 기라. 정확하게 의도대로 코스에 넣기만 하믄 문제없다. 알겠나?"

할아버지가 말했다.

나도 보복이 두려웠다. 하지만 이대로 사는 건 더 두려웠다. 학교 밖에서 진실을 알아내기에는 한계가 있었다. 내가 나가지 않으려면 녀석들을 쫓아내야 했다. 나는 할아버지와 함께 학생부로 향했다.

"아이고. 어르신이 오셨네요."

담임은 반갑게 우리를 맞이했다.

"전학은 꿈도 꾸지 마이소."

할아버지는 인사도 나누지 않고 가운데를 찔러 버렸다.

"어르신. 무슨 오해가 있으신 모양이네요. 저희는……."

당황한 담임은 분위기를 바꾸려고 했지만 할아버지는 쉴 틈을 주지 않았다.

"오해는 무슨. 니는 나가 있거라."

할아버지가 차갑게 말하고는 나에게 나가라는 손짓을 했다.

"저기, 본인 일인데 그냥 함께 있는 게…… 지금은 아무 데나 돌아다니기엔……."

담임이 안절부절못했다.

"임마가 무슨 죄라도 지었소? 와 돌아당기면 안 됩니까. 퍼뜩 나가 봐라. 어른들끼리 할 이야기가 있다."

할아버지의 말에 나는 떠밀리듯 학생부를 빠져나왔다.

그리고 곧장 녀석들이 담배를 피우는 곳으로 갔다. 후문 쪽의 쓰레기장이었다. 안쪽에 자리를 잡으면 자신은 들키지 않고 들어오는 사람들을 볼 수 있어서 흡연 구역으론 안성맞춤이었다.

예상대로였다. 체육 시간에 녀석들은 몰래 빠져나와 담배를 피우고 있었다. 일부러 체육 시간에 맞춰 면담을 잡은 보람이 있었다.

"뭐냐?"

쭈그리고 담배를 피우던 키다리가 인상을 쓰며 일어났다.

나는 말없이 다가섰다. 벽에 기대 담배를 피우던 덩치가 입으로 담배를 뱉고 다가왔다. 팔을 돌리는 모습이 배트를 휘두르며 타석에 들어서는 강타자 같았다.

"뭐냐고? 새끼야!"

덩치가 말했다.

위협적이었다. 하지만 공갈포일 뿐이다. 좋아하는 코스에 유인구를 넣으면 걸려들 것이다. 나는 덩치가 팔을 뻗으면 닿을 거리까지 왔을 때 주머니에 손을 넣었다. 덩치가 움찔했다. 뒤에 있던 키다리도.

녀석들은 내 주머니에서 나오는 것을 보고서 긴장을 풀었다. 나는 만 원짜리 돈다발을 꺼내 내밀었다. 덩치는 야비하게 웃으며 내 손에서 돈을 채 갔다. 그러고는 지폐 계수기에서 돈다발이 떨어지는 것처럼 익숙한 손놀림으로 돈다발을 훑었다.

"누가 돈 가져오랬냐?"

덩치가 말했다.

나는 무릎을 꿇었다.

"어허. 야, 이 새끼 하는 거 봐라."

덩치가 웃으며 키다리를 봤다.

키다리가 나에게 다가오며 말했다.

"야, 옛날에는 잘도 덤벼들더니 뭐냐. 이제 주제 파악이 좀 됐냐? 근데 어째. 우리가 원하는 건 돈이 아냐. 니가 우리 눈을 피로하게 하니까 여기서 사라지라고. 한국말 몰라? 귀도 먹어 버렸어?"

덤벼들어? 최면 상태에서 본 그 싸움인가? 아니면 얼마 전에 머리를 스쳐간 영상?

나는 가까이 다가온 키다리의 다리를 잡았다. 마치 비는 것처럼.

키다리가 반대편 다리로 나를 찼다. 나는 쓰러졌다.

"또 토할라고? 뒈질래!"

다시 걷어차려는 키다리를 덩치가 말렸다.

"야, 못 알아들은 거 같으니까 내가 다시 말해 줄게. 여기서 영원히 꺼지라고. 다시 눈에 띄면 뒈진다고. 오케이?"

덩치가 키다리를 붙잡고 선심이라도 쓴다는 투로 말했다.

나는 겁에 질린 것처럼 고개를 끄덕였다.

"이건 니가 알아서 준 거니까 우리가 잘 쓸게."

덩치가 눈앞에서 돈을 흔들었다.

나는 계속 고개를 끄덕였다. 녀석들은 내 비굴한 모습에 만족했는지 웃으며 사라졌다.

나는 대자로 누워 옆 건물을 보았다. 창문 밖으로 윈스턴의 치켜든 엄지손가락이 보였다. 나도 같이 엄지손가락을 들어 보였다.

띠링. 문자가 왔다. 윈스턴이었다.

—잘 찍었음.

—뭐 한다고 하고 나왔냐?

—화장실ㅋㅋ

—잘 보내 줬네?

—그럼 어쩌냐. 싸겠다는데ㅋ

—땡큐. 수고.

나는 다시 학생부로 갔다. 마침 문이 열리고 할아버지가 나왔다. 배웅하는 담임의 얼굴이 갑갑해 보였다.

"어디 갔다 왔어?"

나는 담임의 시선을 피하며 어색하게 웃었다.

"할아버님하고 부모님하고 조금 더 상의할 부분이 있으니까 오늘은 이만 돌아가고……. 어르신, 이번 주말까지 천천히 생각하시면서 대화를 나눠 보죠."

"대화고 뭐고 더 할 이야기가 없다니까."

"생각은 또 달라질 수도 있는 거니까요. 조만간 또 뵙겠습니다. 조심히 들어가십시오."

담임이 인사를 건네고 들어갔다.

"잘됐나? 다친 데는 없고?"

할아버지의 말에 나는 고개를 끄덕였다.

"불안하나?"

할아버지가 내 얼굴을 살폈다.

그랬다. 노골적인 방법이라 녀석들이 의심할 것 같았다. 그게 아니라도 놈들이 날 가만둘 것 같지 않았다. 어쩌면 학교도 안전상의 이유를 들어 더 강하게 전학을 요구하지 않을까.

"괘안타. 160킬로미터짜리 공이 날아와도 어떤 코스로 들어올지만 알면 다 때려 낼 수 있다."

할아버지가 말했다. 그리고 그건 사실이었다.

그날 저녁 담임은 키다리와 덩치가 나를 폭행하는 동영상을 메일로 받았다. 학교는 난리가 났다. 담임은 전화를 걸어 동영상의 인물이 나인지를 확인했다. 윈스턴은 피자 배달보다는 영상 쪽에 자질이 있었다. 사각지대가 많아 걱정이 되었는데 구도가 좋았다. 누가 봐도 나였고 누가 봐도 녀석들이었다. 거짓말이라도 아니라는 답을 원했던 담임은 낙담한 목소리로 다시 통화하자는 말을 남기고 전화를 끊었다. 저녁이 되어서야 담임은 다시 전화를 걸었다. 예상대로였다. 학교는 키다리와 덩치를 퇴학 조치했다. 그러지 않아도 구설수에 올라 있는 상황에서 이런 사건까지 터지면 학교의 이미지는 회복 불능이다. 피해자가 나란 사실은 학교가 더욱 신속한 결단을 내리게 했다.

"뭐요? 또 전학 이야깁니까?"

통화 중에 할아버지의 언성이 높아졌다.

역시 학교는 이번 일을 빌미로 강하게 전학을 요구하는 모양이었다. 하지만 할아버지는 그런 말이 나올 것을 다 알고 있었다. 할아버지는 담임이 열심히 준비했을 그 멘트들을 다 듣지도 않고 곧장 쏘아붙였다.

"지금 뭐 하자는 겁니까? 학생 관리를 이렇게 합니까!"

수화기 너머로 연신 죄송합니다를 연발하는 담임의 모습이 보였다.

"그래서 전학을 가라? 책임감이란 단어를 모릅니까? 그냥 일 나면 퇴학시킬 놈은 시키고 전학 보낼 놈은 보내고? 그라믄 끝납니까? 그기 이 학교 방침입니까? 참 좋은 학교네. 세상에 이런 좋은 학교가 어디 있노. 모르는 사람들 있으믄 다 가르치 주야겠네."

할아버지는 거칠게 전화를 끊고는 날 향해 찡긋 웃어 보였다.

할아버지의 미소가 뉴욕 양키즈의 전설적인 구원투수 마리아노 리베라 같았다. 결국 할아버지의 구원 등판은 성공했다. 늦은 저녁 학교는 백기 투항했다.

할아버지가 말했다.

"빈볼을 던지면 보복구가 들어온다. 그게 불문율인 기라. 시작은 금마들이 한 거였고 이번엔 어쩔 수 없는 상황이었지만 이런 공을 자주 던져서는 안 된다. 알겠나?"

나는 기쁨을 감추지 못하며 고개를 끄덕였지만 그 말의 의미를 한참 후에야 알게 되었다.

13_트레이드

모든 것이 뜻대로 되었다고 생각한 순간 예기치 못한 일이 벌어졌다. 학교가 나를 특수반으로 보내 버린 것이다. 학교는 충분한 명분이 있었다. 안팎으로 나에 대한 여론은 좋지 못했고 등교하자마자 두 건의 폭행 사건이 일어났다. 학교 입장에선 나를 격리할 필요가 있었고 나는 실어증과 기억상실을 겪고 있는 환자였다. 하지만 그것은 명분일 뿐 실은 감히 학교의 뜻을 거스른 것에 대한 보복성 트레이드였다. 앞으로 이 년 동안 특수반에서 지내다가 졸업을 해라. 싫으면 전학을 가라. 이게 학교가 보낸 메시지였다.

1988년 최동원은 해태의 김대현이 교통사고로 세상을 떠나자 '같이 운동을 하던 선수가 사고로 세상을 떠났지만 도울 길이 없다. 최저생계비나 연금 같은 최소한의 복지 제도를 만들어야 한다.'며 선수협 창설에 앞장섰다. 구단이 이런 일을 환영할 리가 없다. 롯데는 1989년 시즌을 앞두고 최동원을 삼성으로 트레이드했다. 명백한 보복이었다. 최동원은 그 후 이 년 동안 단 7승을 거두고 은퇴했다.

하지만 은퇴 후에 방송을 하면서도 늘 야구로 돌아갈 길을 찾던 그는 결국 한화의 코치로 그라운드에 돌아온다. 끝끝내 그가 사랑했던 롯데로는 복귀하지 못하고 암으로 사망하고 말았지만 그는 처음부터 끝까지 야구인이었다.

어디서 하든 야구는 야구다. 여기도 학교고 여울이가 지내던 곳이다. 하루아침에 교실에서 쫓겨난 나는 건물 뒤편에 단층으로 지어진 특수반 상담실에서 마음을 다잡았다. 나는 진실을 알아내고 말 것이다. 앞으로 이 년 동안 결국 아무것도 알아내지 못하고 학교를 떠난다 해도 나는 포기하지 않는다. 포기하지 않는다면 결국 언젠가는 날 떠밀어 낸 세상으로 돌아갈 수 있을 것이다.

시계를 보았다. 금방 온다던 새로운 담당 선생님은 아직도 소식이 없었다. 기다리기가 지겨워 잠깐 나가 볼까 하는데 갑자기 문이 열렸다. 의외의 인물이 상담실 안으로 들어왔다. 음악 선생님이었다.

"놀랐니?"

선생님이 웃으며 말했다.

당연하지요. 여긴 왜 오신 거지?

"원래 내 자린 여기야. 나는 음악치료사로 이 학교에 온 거거든. 갑자기 음악 선생님 자리가 공석이 되면서 잠시 겸임을 한 것뿐이야. 이제부턴 여기서 널 담당할 거다."

음악치료사! 진도는 나가지 않고 연주와 면담만 반복하더니 역시 선생님은 일반 교사가 아니었구나. 그 연주가 마음을 편하게 했던 건 그래서였나.

"나가자. 보면서 설명해 줄게."

선생님이 데려간 곳은 사무실 맞은편의 교실이었다. 통으로 된 유리문 너머로 본 교실은 일반 학급보다 넓었고 매트가 깔려 있었다. 삼십 명 정도의 아이들이 그룹을 지어 선생님들과 공부 중이었다. 공부라고는 했지만 소란스러웠다.

"대부분 지적장애를 가진 친구들이야. 나는 그중에서도 정도가 덜한, 교육을 통해서 혼자서도 사회생활을 할 수 있는 친구들만 맡고 있어."

문을 열고 교실에 들어갔다. 떠든다기보단 말 자체가 어눌하고 톤이 일정하지 않아서 웅성대는 소리가 크게 느껴지는 듯했다. 스스로 목소리의 높낮이를 조절하지 못한다는 느낌이었다.

아이들의 지능은 초등학교 저학년 수준이었다. 대체로 체격도 그 나이에 비하면 작았다. 겉으로 장애가 드러나는 경우도 있었지만 밖에서 봤다면 특수반인지도 몰랐을 아이들도 있었다. 여울이도 이 아이들 정도의 상태였을 것이다.

거동이 불편한 사람은 없었는데 한 명이 다리를 절었다. 팔의 움직임도 자연스럽지 않았다.

"저 친구는 뇌병변장애. 흔히 뇌성마비라고 부르지. 여기서 가장 몸이 불편한 친구야."

나는 아이들을 훑어보다가 이 소란스러운 곳에서 있는 듯 없는 듯 홀로 있는 녀석을 발견했다. 우리 반에서 여울이와 함께 있었던 자폐아였다.

"저 친구는 발달장애, 그리고 여울이는 지적장애와 더불어 선천적으로 심장이 약했어. 둘 다 같은 반이었다고 들었는데?"

저 녀석을 까맣게 잊고 있었다. 나를 기억할까.

"그리고 넌 언어장애. 흔히 실어증이라고 불리는 증상이지. 하지만 넌 좀 독특한 케이스야."

나는 선생님을 돌아봤다.

"쉬운 말로 할게. 넌 우리가 흔히 말하는 일반적인 실어증이 아냐. 니가 온다는 이야기를 듣고 부모님을 통해 네 자료를 받아 봤어. 보통 실어증이란 뇌졸중이나 교통사고 등으로 뇌에 충격이 가해져서 신경이 손상되었을 때 일어나. 하지만 너 같은 경우는 원인이 확실하지 않아. 필름을 봐도 명확하게 나온 이상은 없어. 다만 교통사고 직후에 증상이 발생했고 필름에도 의심할 부분 정도는 보였기 때문에 실어증이라고 처리한 거야."

기억난다. 플라이맨도 우리 집에 쳐들어와서는 그런 이야기를 했었다.

"코진스키라는 작가가 있어. 이 사람이 어릴 때 전쟁 통에 부모와 헤어지고 어떤 성질 고약한 사람을 만나게 되었는데…… 글쎄 이 인간이 여섯 살짜리 꼬마를 변기 속에 던져 버린 거야. 그 충격으로 코진스키는 말을 못 하게 돼 버려. 나는 너도 이런 케이스가 아닌가 싶어. 교통사고의 충격이 아니라 심리적인 충격에 의해서 말을 잃어버린 것이 아닐까."

혀를 뽑아 버린다.

갑자기 키다리가 화장실에서 날 발로 밟고 했던 말이 떠올랐다. 그때 내 몸을 떨게 했던 그 더러운 감각까지 함께.

갑자기 토할 것 같았다. 나는 화장실을 찾아 뛰었다. 뒤에서 '오른쪽'이라는 말이 들렸다. 나는 화장실로 뛰어 들어가 좌변기의 커버를 올린 후 토했다.

그래, 음악실이다. 꿈에서 본 그곳은 음악실이었다. 녀석들은 무슨 짓인가를 벌인 것이다.

그런데 나는 왜 그곳에 있었을까. 난 거기서 무엇을 한 건가.

수많은 질문들이 생각할 틈도 주지 않고 떠올랐다. 머리가 터져 버릴 것 같은데 갑자기 변기의 레버가 돌아가는 소리가 들렸다. 물줄기가 소용돌이를 일으키며 토사물과 함께 정리되지 않은 질문들까지 쓸어 갔다. 선생님이었다.

"심리적인 요인에 의한 실어증은 보통 시간이 흐르면 극복이 되는 경우가 많아. 하지만 너는 무엇 때문에 충격을 받았는지를 기억 못 하고 있지. 그게 문제야. 흔히 시간이 흐르고 잊어버리면 그만이라고 생각하지만 그렇지 않아. 마음의 상처란 것은 저절로 아무는 것이 아니야. 다시 그 시점으로 돌아가서 매듭을 지어야만 해. 일단 네가 할 일은 기억을 되살리는 일이야."

나는 손을 들어 변기 옆 벽면에 있는 빨간색 버튼을 가리켰다. 버튼엔 'HELP'라고 적혀 있었다.

선생님이 손수건을 꺼내 내 입가를 닦아 주며 고개를 끄덕였다.

14_ 피시식

누군가 뒤에서 내 웃옷을 잡아당겼다. 돌아보니 한 160센티미터나 될까 한 남자 녀석이다. 하지만 다부진 인상이었고 나이도 있어 보였다. 그래 봐야 나보다 한두 살 많겠지만.

녀석이 나에게 뭐라 말했다. 알아듣기가 힘들었다. 내가 반응을 보이지 않자 녀석이 활짝 웃으며 다시 말했다. 이번에도 알아듣지 못한 나는 귀를 갖다 대는 시늉을 했다. 녀석이 내 가방을 가리키며 천천히 말했다.

"이게 뭐야?"

내 가방에 달려 있는 배지들을 말하는 것 같았다. 나는 가방을 책상 위에 내려놓고 배지 중 하나를 손가락으로 찍어 보라는 시늉을 했다. 녀석은 몬트리올 엑스포스의 배지를 골랐다. 지금은 사라진 팀이라 더 아끼는 것이다.

나는 주변에 있던 펜을 집어 답했다.

〔야구팀. 지금은 없어졌어.〕

"정말? 야구 좋아해?"

나는 고개를 끄덕였다.

"나도 좋아해. 근데 왜 적어?"

나는 손으로 입을 가리킨 후 말을 할 수 없다는 의미로 손을 흔들었다.

"아, 말 못 해? 괜찮아……."

녀석은 그 이후로도 한참 동안 말했지만 나는 무슨 소리인지 알 수가 없었다. 문장이 길어지니 발음이 더 나빠졌기 때문이다. 녀석은 급기야는 내 손을 잡더니 손바닥에 글씨를 썼다. 하지만 그마저도 불분명했다. 나는 웃으며 적당히 고개를 끄덕였다. 마치 외국인과 대화하는 것 같았다. 이 상황에서 나를 구해준 건 선생님이었다.

선생님은 처음 만난 그날처럼 말없이 앞으로 나가 플루트를 불었다. 선생님의 연주엔 여전히 마법 같은 힘이 있었다. 소란스러움이 잦아들었다. 아이들은 교실에 흐르는 선율에 집중했다. 연주가 끝나자 아이들은 환호와 함께 박수를 보냈다. 처음 선생님의 연주를 접했을 때 우리들과 똑같은 반응이었다.

"여러분 안녕하세요. 한 주 동안 어떻게 지냈나요? 지난주에 우리가 어떤 활동을 했었는지 기억나나요? 우리 다 함께 인사 노래 하도록 해요."

선생님이 노래를 부르자 아이들도 따라 불렀다. 선생님은 아이들 사이를 돌아다니며 한 명 한 명 손뼉을 맞추거나 안아 주었다. 선생님이 마침내 내 앞까지 왔다. 나는 멋쩍게 손바닥을 들어 보였지만 선생님은 나를 꼭 안아 주었다. 얼굴이 화끈해졌지만 싫지는 않았다.

"오늘은 일단 뒤에서 보고 있어."

선생님이 포옹을 풀며 말했다. 나는 고개를 끄덕였다.

인사 노래가 끝나자 선생님은 아이들과 함께 박수를 치며 다시 교실 앞으로 나갔다.

"우리 지난 시간에 희선이가 피아노 연주를 하기로 했었죠? 자, 희선이 앞으로 나오세요. 우리 희선이가 치는 반주에 맞춰서 노래를 불러 보도록 해요. 여러분 〈당신은 사랑받기 위해〉 노래 다 아시나요?"

알다마다. 악보도 다 외웠다.

아버지의 목회 탓에 본의 아니게 피아노 연주자 역할도 해야 했다. 하지만 노래 부르기는 좋아했어도 피아노 연주는 정말 하기 싫었다. 그 무한 반복의 교습이 나를 지치게 했다. 스스로 하고 싶어서 배우는 것도 힘든데 억지로 하려니 스트레스 때문에 손가락에 쥐가 날 지경이었다. 연습도 게을리하는데 마음도 담겨 있지 않으니 당연히 연주는 엉망이었다.

옛 생각에 잠시 빠져 있는데 한 여자 아이가 악보를 들고 앞으로 나왔다.

그렇게 어려운 노래는 아니지만 잘할 수 있을까. 연주가 시작되자 나는 인상을 찡그리며 나도 모르게 바보 같은 미소를 지었다.

나보다 훨씬 낫잖아!

연주는 정말 훌륭했다.

하지만 그보다 더 좋았던 건 아이들의 합창이었다. 이 노래가 이렇게 좋았던가. 물론 합창부에 비하면 턱없이 미숙했다. 틀린 부분도 많았고 호흡도 잘 맞지 않았다. 하지만 온 얼굴을 일그러뜨리며 부르는 특수반 아이들의 노래는 수많은 연습으로 음정은 물론 웃는 얼굴조차 철저하게 맞춰진 합창부의 노래보다 아름다웠다.

문득 저 아이들 사이에서 같이 노래를 불렀을 여울이가 생각났다. 날 때부터 심장이 고장 난 아이. 그건 여울이의 죄도, 그 부모의 죄도 아니다. 여울이는 지금 이 공간을 따뜻하게 채우고 있는 아이들의 노래처럼 사랑받기 위해 태어난 것이다.

하지만 생각이 여울이의 삶에서 죽음으로 옮겨 가자 갑자기 거부감이 몰려왔다. 여울이는 왜 음악실에서 죽어야 했을까. 그건 누구의 죄일까. 나의 죄일까. 아니면 다른 누군가의 죄일까.

아이들의 노래에 흠뻑 젖어 있던 나의 마음은 다시금 메말라졌다. 그러자 나와 마찬가지로 음악에 섞이지 못하고 있는 한 녀석이 눈에 들어왔다. 여울이랑 친했던 자폐아였다. 녀석은 뭔가 그리고 있었다. 나는 동지에게 다가갔다.

화면으로만 봐서는 투수의 공이 얼마나 빠른지 모른다. 140킬로미터니 150킬로미터니 하지만 숫자일 뿐이다. 야구장에 실제로 가서 보면 그 속도를 분명히 느낄 수 있다. 하지만 역시 진짜 위력을 알려면 타석에 서야 한다.

그림도 마찬가지다. 중학교 때 방학 숙제로 미술관 관람이 있었다. 마침 서울시립미술관에서 '빈센트 반 고흐전'이 열려 찾아갔다. 하지만 옷을 잘 차려입고 가볍게 팔짱을 낀 후 두 시간 동안이나 한 작품 앞에 서서 화가의 영혼과 소통하는 드라마 같은 장면은 연출되지 않았다. 숙제 한번 해 보겠다고 몰려든 전국의 중딩들로 미술관이 시장바닥 같았기 때문이다. 입장하자마자 거의 자동으로 떠밀려 마지막 그림까지 보고 나왔다. 그사이에 여자아이들은 비명을 질렀고 아이를 데려온 엄마들은 서로 소리를 질렀다. 하지만 그 아비규환 속에서도 그림에 다가간 그 순간, 컴퓨터 화면이나 교과서에 실린 그림으로는 알 수 없는 그 작품의 진가를 느낄 수 있었다.

많은 작품 중 특히 기억에 남았던 것은 〈생레미 병원의 정원〉이었다. 빈센트가 입원해 있던 병원에서 그린 작품이다. 아픈 빈센트가 그곳에서 그림을 그리는 모습을 떠올리며 이 그림이 그려지는 순간을 상상했다. 그거야말로 최고의 미술 관람이 아닐까.

지금 내 눈앞에서 그림을 그리는 녀석은 물론 빈센트가 아니다. 이 사회에서 녀석은 그저 환자일 뿐이다. 하지만 그 대단한 빈센트도 살아 있을 때는 이 녀석과 별다른 처지가 아니지 않았나.

녀석은 연주 중인 아이들의 모습을 그렸다. 그림을 그리는 모습을 직접 본 건 그때가 처음이었다. 백지 위에 선들이 그어지고 그 선들이 내 눈앞의 현실로 변해 갔다. 묘사의 정확도도 대단했지만 속도가 굉장했다. 녀석은 투수로 따지자면 제구력에 강속구까지 갖춘 선수였다. 나는 나도 모르게 그림에 다가섰다.

깜빡했다. 투수도 화가도 예민한 존재라는 것을.

녀석이 비명을 질렀다. 날카로운 소리가 교실에 흐르던 따뜻한 선율을 찢어 버렸다. 선생님들이 달려와서 녀석을 달랬다. 아이들의 얼굴에서 웃음이 사라졌다. 모두들 불안한 눈으로 나를 보았다. 나는 아무 말도 못 했다.

"자폐아들은 기억력이 죽인다잖아. 니가 그림을 찢어 버린 걸 기억하나 보지."

윈스턴이 담배 연기를 내뿜었다.

붕어도 쉽게 잊지 못할 일이었다. 당시에도 바로 후회를 했었다. 나 자신이 바보 같았고 녀석에게 미안했다. 하지만 표현하는 것이 쉽지 않았다.

"그건 그렇고 쓸 만한 정보는 없다. 목격자라고 해 봐야 여울이가 음악실 쪽으로 가는 걸 봤다는 정도라서……."

아무리 찾아봐도 '날 만나려고'라는 보기를 제외해 버리면 남는 답이 없었다. 인정하자. 여울이는 나 때문에 음악실로 왔다. 미리 약속을 했단 말이다. 어떤 방법으로? 직접 말했을 가능성은 없다. 보는 눈도 많고 그럴 여유가 있었다면 음악실로 불러낼 필요도 없었을 것이다. 갑자기 편지가 떠올랐다. 최면 중에 내가 여울이와 편지를 주고받는다는 소문이 돌았다고 했다. 남몰래 여울이에게 편지를 건네고 여울이가 오길 바라며 음악실에서 기다렸다면. 이건 그럴싸하다.

그렇다면 왜 불렀을까? 사과를 하기 위해서?

내가 체육 시간에 여울이를 걷어찬 것에 대해 용서를 구하기 위해 여울이를 불러냈고 하필 그때 여울이의 심장이 멈췄다.

아니다. 뭔가가 부족하다. 키다리와 덩치는 왜 그 자리에 있었을까. 이걸 설명할 수 있어야 한다.

"저기……."

내가 쓰는 글씨를 가만히 보고 있던 윈스턴이 짝사랑하는 여자에게 고백이라도 하는 것처럼 주저주저했다. 나는 할 이야기가 있으면 하라고 손짓을 했다. 윈스턴이 겨우 입을 열었다.

"이건 그냥 생각이 난 건데…… 만약에 그 새끼들이 너를 이

용해서 여울이를 끌어낸 거라면 어떨까?"

녀석은 심각하게 변하는 내 얼굴을 보고 급히 덧붙였다.

"만에 하나 그럴 수도 있지 않겠냐 그 말이지…… 하하…… 그냥 음악실 옆을 지나가다가 너랑 여울이를 보고 들어온 건지도 모르고."

아니, 방과 후에 녀석들이 음악실 옆을 지나갈 이유는 없었을 것 같다. 음악실은 놈들의 활동 영역이 아니다. 음악실로 왔다면 목적이 있는 것이다.

무엇인지는 몰라도 내가 녀석들에게 약점을 잡혔다면? 놈들은 나를 협박했고 굴복한 나는 여울이를 불러냈다. 놈들이 여울이를 겁탈하려는 과정에서 여울이의 심장이 멈췄다. 키다리와 덩치는 도망치면서 모든 걸 나에게 떠넘겼다. 발설하면 혀를 뽑아 버리겠다고 경고하면서. 겁을 먹은 나는 입을 닫았고 천벌이었는지 교통사고를 당해서 말을 못 하게 되었다.

그러고 보니 학교로 돌아왔을 때 녀석들의 태도는 자연스럽지 못했다. 내가 기억을 찾을까 봐 긴장을 한 것이다. 최면을 통해 어느 정도 기억을 찾고 학교로 돌아가자 놈들은 나를 학교 밖으로 몰아내려 했다. 허술했지만 앞뒤가 맞았다.

"그건 아이다."

뒤에서 익숙한 목소리가 들려왔다. 할아버지였다.

나도 놀랐지만 윈스턴은 갑자기 날아온 파울볼에 혼비백산한 관중처럼 정신을 못 차렸다. 녀석은 급히 담배를 뒤로 숨겼지만 연기까지 어쩌진 못했다.

할아버지는 못 본 척 계속 나에게 말했다.

"이대호가 도루하는 거 봤나?"

"네."

윈스턴이 말했다.

할아버지가 째려보자 윈스턴은 눈을 피했다.

할아버지가 다시 나에게 말했다.

"가끔 하기는 하제. 백 퍼센트 장담하는 건 아이다. 그래도 생각을 해 봐라. 니 최면할 때 뭘 봤나? 니는 금마들이 시비 걸 때 앞뒤 안 재고 바로 덤벼들었다. 일 대 이였는데도 주저 없이 싸웠다. 니가 협박을 받고 그랬다고? 웃기지 마라."

"이대호가 도루하면 웃기긴 하죠."

물론 이번에도 윈스턴이 말했다.

할아버지가 다시 째려보자 윈스턴은 또 시선을 피했다.

"야는 친구가?"

나는 고개를 끄덕였고 윈스턴은 어색하게 웃었다. 할아버지가 별안간 윈스턴의 방망이를 잡았다.

"으익—."

윈스턴이 외마디 비명을 질렀다.

"니 훌리오 프랑코라고 아나?"

윈스턴은 고개를 미친 듯이 가로저었다.

"메이저리그에서도 알아주는 선수였는데 이 양반이 우리나라에 용병으로 들어왔다. 남들은 다 은퇴할 마흔이 넘은 나이였는데도 방망이 휘두르는 기 쌩쌩한 기라. 비결이 뭔지 아나?"

윈스턴은 계속해서 미친 듯이 고개를 저었다.

"자. 기. 관. 리."

할아버지는 그제야 윈스턴을 놔줬다.

윈스턴은 그대로 주저앉았다.

"술, 담배는 물론이고 탄산음료도 안 마싰다 카더라. 니 그 방망이 오래 휘두를라면 끊으라. 알겠나?"

윈스턴이 정신없이 고개를 끄덕였다.

아파하는 윈스턴에겐 미안하지만 나는 웃음을 참느라 미칠 지경이었다. 그리고 그 웃음은 부풀어 오르기만 하던 의혹에 구멍을 냈다. 피시식.

15_ 사랑의 눈

나는 이적한 팀에 순조롭게 적응했다. 감독도 동료들도 좋았다. 적어도 이들은 아무것도 확실하지 않은 상황에서 나를 쓰레기로 결론짓지는 않았다.

아이들은 여울이가 죽은 것을 몰랐다. 내가 어딘가에서 왔듯이 여울이 또한 어디론가 갔다고만 생각했다. 한 명 한 명에게 물어보았지만 지금껏 들은 말은 '여울이 예쁘다.'와 '여울이 어디 갔다.'가 다였다. 이제 물어볼 녀석은 한 명 남았다. 아마 경찰 역시 저 녀석에겐 아무것도 묻지 않았을 것이다. 천재 화가는 오늘도 한쪽 구석에서 자신의 눈에 비친 세상을 백지 위에 그리고 있었다.

녀석은 여울이와 붙어 다녔다. 뭔가 알고 있을지도 모른다. 하지만 대화가 불가능했다. 게다가 나를 싫어했다.

던질 곳이 없었다. 수수께끼의 5번 타자는 유인구에는 배트를 뻗지 않았고 코너를 찌르는 볼은 커트했다. 이런 타자를 만나면 투수는 한가운데 공을 던져 버리고 안타를 맞고 싶은 유혹에 빠져든다. 그냥 다 때려치우고 싶었다.

"여러분 주목!"

음악 선생님이 말했다.

"이번 주 토요일이 무슨 날이지?"

아이들의 입가가 커브를 그렸다. 나는 커브를 싫어한다. 불길했다.

"네 번째 토요일은 언니 오빠들이랑 놀러 가는 날이지? 이번에는 특별히 야구장에 가기로 했어요."

"와!"

말이 끝나기 무섭게 아이들은 환호했다. 한국시리즈에서 우승이라도 한 것 같았다. 나는 그들 사이에서 끝내기안타를 맞은 패전투수처럼 서 있었다.

넥센은 현대를 인수하며 목동에 입성했지만 기존의 서울팀인 엘지와 두산의 인기는 견고했다. 성적도 관중 동원도 고전을 면치 못했다. 하지만 시구자 선정만은 전체 구단 중 최고였다. 다른 구단들이 야구에는 관심도 없는 연예인들 불러 가며 시구를 할 때 넥센은 그 지역의 야구를 사랑하는 사람들을 시구자로 초청했다. 경찰, 응급구조요원, 주부, 소방관, 교사, 구장 관리인, 장애인 올림픽 메달리스트, 그리고 오늘은 우리 학교 특수반 아이들이었다. 처음엔 두 명만 선정되었지만 때마침 자원봉사자들이 오는 토요일과 맞물려 특수반 모든 식구가 나들이를 하는 게 어떠냐는 의견이 나왔다. 어차피 시즌도 끝나 가는 마당에 구단은 흔쾌히 삼만 오천 원짜리 좌석을 내주었다.

시구는 겉으로 봐서는 장애아인지도 모를 만한 친구가 맡았다. 반면 시타자는 배트를 휘둘러 주기만 하면 되었기에 몸 상태가 좋지 않은 친구가 맡았다. 마운드에서 공을 던지는 것은 보기보다 쉬운 일이 아니었고 좋은 취지에서 하는 거지만 보이는 것도 중요했다. 그런 면에서 시구와 시타 모두 적절한 선정이었다. 하지만 야구에서도 인생에서도 예기치 못한 불규칙 바운드가 일어나기 마련이다.

"네가 해 주면 안 되겠니?"

음악 선생님이 거절 못 할 미소를 지으며 말했다.

시구를 맡은 친구가 뭘 잘못 먹었는지 오늘 아침에 병원에 갔단다. 갑자기 다른 아이를 뽑아서 가르치기는 힘들었다. 누군가 해야 한다면 내가 하는 것이 맞았다.

나는 조건을 걸었다. 야구공뿐 아니라 풀세트 유니폼을 주고

투수용 글러브까지 달라고 했다. 들어주지 않아도 할 생각이었지만 구단은 내 조건을 받아들였다. 연습은 하지 않았다. 공 한 두 개 던질 정도의 시간은 있었지만 내가 거부했다. 스트레칭으로 몸만 풀고 공은 딱 한 번만 던지고 싶었다.

시구자가 소개되고 나는 마운드로 올라갔다. 관중들이 박수를 쳤다. 마운드에 도착하자 기다리고 있던 심판이 공을 건넸다.

나는 공을 받아 글러브에 넣고는 타석을 바라보았다.

타석까지의 거리가 멀게 느껴졌다. 규격에 맞는 프로 야구장이니 당연했다.

"더 앞에서 던져도 된다."

심판이 말했지만 나는 마운드 위의 발판을 두어 번 밟는 것으로 의지를 보였다.

로진백을 털고 허리를 숙여 스타킹을 당겼다 놓았다. 투구 전 내 습관이었다. 시구자치고 지나치게 비장해 보였을 것 같지만 시타자도 마찬가지였다. 공이 날아오면 대충 스윙만 하면 되는데 녀석은 전 타석에서 병살타를 치고 역전 찬스에 다시 들어선 타자처럼 눈에서 레이저를 뿜어냈다.

나는 왼쪽 다리를 들어올렸다. 무릎이 가슴에 닿을 정도로 하이킥을 했다. 더 이상 올라가지 않는 다리를 앞으로 내뻗으며 등 뒤에서 오른팔을 끌고 나오다 채듯이 공을 놓았다. 아버지가 가르쳐 준 자세였다.

내가 떠올렸던 이미지는 아니었다. 마운드에서 홈플레이트까지의 거리는 멀었고 나는 오랜 공백기를 가진 투수였다. 그래도 공은 느릿하게나마 정확히 날아갔다. 공이 미트로 사라지는구나 싶은 순간 시타자가 눈을 감고 온몸을 비틀며 풀스윙을 했다. 순간 공이 사라졌다가 내 눈앞에 나타났다. 나는 반사적으로 손을 올리며 쓰러졌다.

하늘이 보였고 곧 심판과 오늘 등판할 선발투수, 그리고 녀석의 얼굴이 보였다.

말도 안 되는 스윙으로 내 공을 날려 버린 시타자는 미안해 죽겠다는 얼굴로 나를 보고 있었다.

그래, 미안해해야지. 그런 어처구니없는 스윙으로 내 마지막 공을 날려 버리다니.

나는 녀석에게 웃어 보이려고 노력했다. 정신이 없었지만 딱히 몸을 다친 거 같진 않았다. 선발투수가 뭐라고 말했다. 귀가 멍멍해 잘 들리지 않았다.

선발투수가 내 왼손을 가리키며 다시 말했다.

"나이스 캐치."

내 글러브엔 마지막이라고 생각하며 던진 공이 돌아와 있었다. 나는 부축을 받으며 일어났다. 관중들은 박수를 쳤다. 나는 고개를 숙여 감사를 표했다. 박수는 내가 마운드를 내려갈 때까지 이어졌다. 마치 '한 번 더 던져도 좋아.' 그렇게 말하는 것 같았다.

"아깝네."

관중석에 돌아오자 선생님이 말했다.

"전에 코진스키라는 작가 이야기해 줬지? 전쟁이 끝나고 부모를 다시 만나 안정을 찾았는데도 코진스키는 말을 하지 못했어. 그러다 스키장에서 사고를 당해서 머리를 다쳤는데 그때 다시 말을 하게 된 거야. 이것처럼 머리에 갑작스런 충격을 받으면서 기억이 되살아나는 경우가 꽤 있거든. 크. 아깝다. 그래도 조금 충격이 있긴 했을 텐데 뭐 떠오르는 거 없어?"

나는 웃으며 고개를 저었다.

거짓말이었다. 떠오르는 것이 있었다. 아쉽게도 장소는 음악실이 아니라 야구장이었다. 타자는 끈질겼다. 계속 결정구를 커트당해 짜증이 난 나는 될 대로 되라는 심정으로 직구를 던졌다. 기다리던 공을 맞이한 타자는 거침없이 스윙을 했고 공이 내 얼굴로 날아왔다. 공은 피했지만 뒤이어 날아온 배트는 피하지 못했다.

정신을 차렸을 땐 나는 들것에 실려 가고 있었다. 아빠가 절뚝거리는 걸음으로 나를 쫓아왔다. 머리를 맞은 나는 정밀검사를 위해 병원으로 이송되었다. 병원에 가는 동안 응급차 안에서 아빠는 내 손을 잡고 기도를 했다.

아빠의 웅얼거리는 기도가 잘 들리지는 않았지만 지금도 기억나는 한마디가 있다.

죄송합니다.

아빠는 죄송하다고 했다. 아빠는 무엇이 죄송했던 것일까. 내가 무엇을 잘못해서 다쳤다고 생각한 것일까? 아니면 아빠가? 잘못한 건 배트를 놓친 녀석이잖아. 나는 정신이 없는 상황에서 그런 생각을 했다.

진단 결과는 가벼운 뇌진탕이었다. 아버지는 한숨을 내쉬며 눈을 감고 감사합니다라고 말했고 나는 하루를 입원하고 퇴원했다. 별일이 아니라 다행이었지만 시즌 마지막 시합을 환자복을 입고 병원에서 마무리하려니 아쉬움이 이만저만이 아니었다. 나는 퇴원한 다음 날부터 커브를 익히기로 결심했다. 다시 녀석을 만나면 복수를 해 줘야 하니까.

퇴원한 뒤, 나는 아빠를 전담 포수로 삼아 커브를 익혔다. 아버지가 내 손에서 야구공을 가져가던 날, 내가 마지막으로 던졌던 공의 궤적을 아직도 기억한다. 그 겨울, 내가 던졌던 가장 훌륭한 커브였다.

"나이스 피칭!"

아버지가 공을 받아 일어나며 말했다.

이제 이 커브를 가지고 다시 야구장으로 돌아가 녀석을 요리하면 된다. 나는 씩 웃었다.

하지만 이듬해 봄, 나는 야구복을 입지 못했다. 아버지는 내게 야구복 대신 목사복을 입으라고 명령했다. 그렇게 정해졌다. 어쩔 수 없다. 그게 끝이었다.

경기는 넥센이 가져갔다. 약팀도 세 번에 한 번은 강팀을 꺾는 게 야구라지만 양 팀의 최근 성적으로 보아 의외의 결과였다. 경기장 안에서 파란이 일어나는 동안 관중석에서도 소란이 있었다.

"야, 이게 뭐야? 죽이는데!"

술에 취한 아저씨가 화장실을 가다가 천재 화가의 그림을 발견했다. 맨정신으로 봐도 입이 벌어지는 그림인데 알코올까지 들어갔으니 아저씨 눈엔 그림의 신이 강림한 걸로 보였을 것이다. 말릴 틈도 없었다. 아저씨는 녀석의 그림을 집어 라이트를 향해 들었다. 악의는커녕 찬양과 경배의 마음이 가득한 행동이었지만 녀석에게는 불청객의 난동일 뿐이었다. 비명과 함께 발작이 시작되었다. 사람들의 시선이 하얀 공에서 아저씨가 들고 있는 하얀 도화지로 옮겨졌고 당황한 아저씨는 예전의 나처럼 반응했다.

"아니. 어린노무 시끼가 어른한테 소리를 쳐! 이게 뭐 대단한 거라고!"

아저씨는 스케치한 종이들이 쌓여 있는 화판을 공중으로 던져 버렸다. 하얀 도화지들이 너울거리며 공중에서 흩어졌다.

"뭣들 봐! 구경났어? 에이, 재수가 없으려니까."

사람들의 수군거림에 아저씨는 욕을 하며 자리를 피했다.

선생님이 녀석을 진정시키는 동안 자원봉사자들이 그림을 주웠다. 나도 내 쪽으로 날아온 그림 한 장을 집었다.

이전에 여울이를 그린 것도, 그리고 특수반에서 그린 것도 대단했지만 이번 작품은 경악스러웠다. 녀석은 야구장 전체를 도화지 한 장에 욱여넣었다. 야구공과 그 야구공의 움직임에 환호하고 좌절하는 선수들과 관중들. 그 모두를 멋지게 그려 냈다.

우리는 그림을 모아 녀석에게 전했다. 그제야 진정이 된 녀석은 뒤죽박죽 섞인 그림들을 경기의 진행 순서에 따라 정리했다. 어쩌면 녀석을 필요로 하는 건 미술계보단 야구계일지도 모른다. 녀석이 그려 낸 장면들은 이 경기의 포인트였다. 각각의 그림들은 저마다의 이야기가 있었고 대사도 사운드도 없지만 그림들만으로 경기가 어떻게 진행되었는지 알 수 있었다.

"와, 정말 멋지다. 어떻게 하면 이렇게 그릴 수 있니? 응?"

자원봉사자 누나가 물었다.

바보 같은 질문. 150킬로미터를 던지는 어깨는 타고나는 것이다. 녀석은 하늘이 내려보낸 특별한 존재였다.

경기가 끝나고 자원봉사자들이 우리를 집까지 데려다 주었다. 이미 어둑한 시간. 초인종을 눌렀지만 반응이 없었다.

아무도 없나?

엄마에게 문자를 보내려는데 인기척이 느껴졌다. 곧 문이 열리고 아버지가 나왔다. 아버지와 나는 잠시 그대로 서 있었다. 실수로 엉뚱한 집의 벨을 눌러 속옷 차림의 아줌마와 마주쳐도 이 정도로 어색하지는 않을 것이다. 여긴 우리 집이고 내 앞에 있는 사람은 아버지다. 이 불편함은 어디에서 오는 것인가. 아버지는 안으로 들어오라고 말하는 대신 나를 아래위로 훑어봤다. 그렇구나. 옷을 갈아입지 않고 왔다. 나는 아직도 야구복 차림이었다.

설명을 해야 하나 망설이고 있는데 아버지가 말했다.

"잘 어울리는구나."

잘 어울리는구나. 그 평범한 말이 오래전에 사라진 방언같이 들렸다.

최동원의 아버지는 한국전쟁으로 한쪽 다리를 잃어 의족을 차고 다녔다. 축구 선수가 되고 싶었지만 할아버지의 반대로 할 수 없었던 그는 최동원이 야구를 하는 것을 아낌없이 지원해 주었다.

아버지는 최동원을 좋아했다. 물론 야구를 잘했기 때문이지만 최동원 부자의 이야기가 자신의 인생과 겹치는 부분이 많았기 때문일 것이다. 실제로 아버지는 자신이 할 수 없었던 야구를 나에게 시켰다. 거기까진 같았다. 그런데 왜 그랬을까.

갑자기 미치도록 말이 하고 싶었다. 사랑스러운 말은 아니었지만 해야만 하는 말이었다.

왜 그랬어요? 왜 내 의견은 묻지 않았어요? 왜 이 잘 어울리는 옷을 벗겨야 했어요? 내가 그때 어떤 기분을 느꼈는지 알아요?

나는 소리치고 싶었다. 거칠고 제구도 되지 않는 공이었지만 지금이라면 받아 줄지도 모른다는 생각이 들었다. 휴대폰을 쥔 손이 떨렸다.

할아버지의 목소리가 들렸다.

"어, 왔나? 안 들어가고 뭐 하나?"

할아버지와 엄마가 시장을 보고 돌아왔다. 다가가 장바구니를 받았다. 함께 집으로 들어가자 아버지는 다시 방으로 들어가 버렸다.

나는 던지지 못한 공을 쥐고 닫힌 문을 바라보았다.

샤워를 하고 컴퓨터 앞에 앉았다. 야구 중계 사이트에 들어가니 오늘의 경기가 동영상으로 올라와 있었다. 물론 내 시구 영상도 있었다. 플레이 버튼을 눌렀다.

언젠가 다시 야구를 하겠노라, 프로의 마운드에 서겠노라 생각했었다. 하지만 이젠 늦었다는 걸 안다. 나는 작별 인사를 하고 싶었다. 마무리를 짓고 내려오고 싶었다. 오늘 내가 던진 공은 그런 의미였다.

하지만 매듭을 지으려면 이걸로는 안 된다는 것을 아버지와 마주하고 알았다. 마지막 공을 받아 줘야 할 사람은 아버지였다. 그래야 게임은 끝이 나고 나는 마운드에서 내려올 수 있었다.

시구 영상 다음엔 하이라이트가 나왔다. 하지만 나는 이미 천재가 그려 낸 하이라이트를 보고 왔다. 바로 인터뷰 영상으로 넘어갔다. 수훈 선수는 넥센의 선발투수였다. 그는 어깨에 얼음을 댄 상태로 캐스터의 질문에 대답을 했다.

캐스터가 물었다.

"기아 상대로 약한 모습이었는데 오늘은 좋은 피칭을 했습니다. 특별히 준비한 것이 있나요?"

"어…… 저번 시합에서 워낙 좋지 않았기 때문에 비디오를 보면서 분석을 많이 했습니다. 그것이 주효했던 것 같습니다."

"아까 관계자에게 들었는데 시합 직전에 가방을 도난당해서 급하게 다른 선수의 유니폼을 빌려 입고 나왔다고 들었습니다. 기분이 나빴을 텐데 피칭에 영향은 없었나요?"

"하하. 네. 좀 어이가 없는 그런 일이 있었는데 아까 6회에 내려와서 확인해 보니까 구장 통로 감시카메라에 찍혔다고 그러더라고요."

"아, 그래요?"

"아마 곧 다시 되찾을 수 있지 않을까 생각합니다. 혹시 제 가방 가져간 분 이 방송을 보고 있다면 좋은 말로 할 때 다시 갖다 놓으십시오."

"하하하. 날이 갈수록 인터뷰 스킬이 좋아지시네요. 오늘 승리 축하드립니다."

"네. 감사합니다."

투수가 호쾌하며 웃으며 화면이 끝났다.

시구를 준비할 때 투수의 얼굴엔 짜증이 가득했다. 시구자가 여자 연예인이 아니라 나라서 그런가 했는데 다른 이유가 있었구나. 그래도 곧 잡힐 것 같아 다행이었다.

문득 학교에도 감시카메라가 있으면 좋겠다는 생각이 들었다. 그럼 간단히 이 사건을 해결했을 텐데. 물론 이런 일만 아니었더라면 누구보다 내가 앞장서서 반대했을 것이다.

3루까지는 온 거 같은데 홈까지 남은 27.44미터가 42.195킬로미터처럼 느껴졌다. 그날 음악실에서 무슨 일이 있어났는지는 하나님만이 알고 있을 것 같았다. 나는 답답한 마음에 창문을 열었다. 나는 하늘을 바라보며 기도인지 뭔지 모를 것을 마음속으로 중얼거렸다.

도대체 이제 뭘 어떻게 해야 하나요? 거기서 무슨 일이 있었던 거예요? 이제껏 내가 사고 칠 때마다 전부 다 아셨잖아요. 말씀 좀 해 주세요.

그러다 문득 목회자 자녀를 위한 캠프에 끌려갔던 게 생각이 났다. 회개하라고 보낸 것이지만 난 오히려 즐겁게 보냈다. 그곳엔 나와 공감대를 형성하는 녀석들이 잔뜩 있었다. 우리는 함께 모여 기도 대신 아버지를 성토했다.

그중에서도 특히 친하게 지냈던 녀석이 있었는데 워낙 머리 모양이 독특해서 아직도 기억하고 있었다. 성령의 불을 받으라는 아버지 목사님의 말씀을 듣고는 머리를 빨갛게 물들여 집에 들어간 것이다. 이 색다른 반항은 분노의 이발기에 의해 3밀리미터로 제압당했지만 녀석은 뿌리까지 물든 빨간 머리에 줄을 새겨 넣었다. 녀석은 그 꼴로 캠프에 끌려왔다.

"아예 성령이라고 글자를 새기려고 했는데……."

녀석은 어둠 속에서 시뻘건 담뱃불을 피워 올리며 말했다.

내가 처음 담배를 물었던 것도 바로 이때였다. 하지만 녀석이 건네준 담배를 물고 딱 불을 켜려는 기가 막힌 타이밍에 간사가 나타났다. 감시의 눈길은 어딜 가나 끝이 없구나. 나는 하늘을 올려다보며 한탄했다. 하지만 의외로 간사는 담배만 압수하고는 그냥 넘어가 주었다.

간사는 우리 같은 녀석들을 잘 안다는 듯 웃으며 말했다.

"너희들 뭔가 단단히 오해를 하고 있어. 너희 아버님과 하나님은 다른 분이야. 멋대로 투영해 버리면 곤란해. 하나님은 너희가 잘 하고 있나 못 하고 있나 감시하다가 벌주시는 분이 아니야. 그런 분이면 뭐하러 예수님을 이 땅에 보내서 십자가에 달리게 하시냐. 하나님은 너희를 사랑한다고."

어릴 때부터 귀도 모자라 손과 발까지 못이 박히도록 들었던 이야기라 안도의 한숨만 내쉬었는데, 지금 떠올려 보니 그 말을 알 것 같았다. 그래, 사랑의 눈으로 보는 거라면 불편할 리가 없지. 나도 여울이를 그렇게 바라보지 않았던가. 여울이를 보는 것만으로도 좋았고 혹시라도 잘못될까 봐 늘 여울이에게 집중했다. 아이들이 은근히 여울이를 놀릴 때면 속상하면서도 나서지는 못하고 나중에 괜히 녀석들에게 시비를 걸곤 했다.

나는 하늘을 향해 다시 물었다.

정말 거기 계신가요? 거기서 사랑의 눈으로 다 보고 있었나요?

하늘은 고요했다. 대답해 줄 리가 없지 생각한 순간 '사랑의 눈'이라는 말이 내 머릿속을 스쳤다. 있었다. 나 말고도 여울이를 바라보던 사랑의 눈이 있었다.

의외의 곳에서 찬스가 이어졌다. 공 하나에 모든 것을 뒤집을 수 있는 빅 찬스였다.

16_ 진실의 실밥

할아버지는 입을 다물지 못했다.

나는 거 보라는 듯 웃었다. 천재 화가가 그려 낸 여울이의 생전 모습이 스크린에 떴다. 선생님에게 부탁해 녀석이 그린 여울이의 그림들을 스캔한 것이다.

녀석의 그림에는 상상이 들어가지 않았다. 눈에 보이는 것만을 놀라운 기억력으로 재현해 냈다. 하지만 보이는 대로 그리는 것이 전부는 아니었다. 단순히 똑같이만 그려 낸다면 놀랍기야 하지만 무슨 대단한 가치가 있겠는가. 녀석의 그림에는 이야기가 담겨 있었다. 녀석은 야구장의 핵심이 야구공임을 간파했다. 그 작은 공의 움직임에 따라 펼쳐지는 희로애락의 드라마를 녀석은 백지 위에 복원했다.

천재 화가가 학교에서 택한 주인공은 여울이였다. 여울이를 중심으로 한 이야기와 감정들을 녀석은 놓치지 않았을 것이다.

"뭔가 알겠니? 네가 도와달라니까 해 주긴 했지만 솔직히 이걸로 뭘 알아낼지 모르겠다. 음악실이 나오는 것도 아니잖아?"

선생님이 말했다.

"아닙니다. 뭔지는 몰라도 나올 것도 같습니다."

할아버지가 말했다.

"정말로요? 전 모르겠네요."

"시속 150킬로미터로 날아오는 공을 눈으로만 보고 맞힐 수는 없십니다. 미리 타이밍을 맞춰서 배트를 휘두르지만 맨날 직구만 날아오는 것도 아입니다. 타이밍을 잡고 있는데 난데없이 130킬로미터짜리 커브가 날아온다 이 말입니다. 그래서 패턴을 읽어야 합니다. 구종이 몇 개나 되는지, 그걸 어떻게 섞어 쓰는지, 그 패턴을 읽고 예측을 하는 겁니다. 아시겠습니까?"

"아……."

선생님은 야구장에 처음 간 여자가 남자친구의 설명을 알아듣지 못할 때처럼 예쁘게 웃으며 어정쩡하게 답했다.

"이 그림들은 음악실에 가기 전의 모습까지만 담고 있지만 분명히 여기에도 패턴이 있을 깁니다. 그걸 읽어 낼 수만 있으믄 여기 나오지 않은 것에 대해서도 알 수 있을 깁니다."

그날 저녁, 나와 윈스턴 그리고 할아버지가 옥상에 모였다. 학교에서 가져온 스캔 파일을 노트북 화면에 띄우고 멀쩡한 눈 네 개와 졸린 눈 두 개가 영화의 스틸컷 같은 그림들을 살폈다.

할아버지가 윈스턴을 가리키며 나에게 말했다.

"임마는 학교에서도 이렇게 조나?"

"아이, 저는 일하고 오잖아요. 그리고 이렇게 재미없는 걸 계속 보고 있으면 당연히 졸리죠. 대사도 없고 사운드도 없고."

윈스턴이 말했다.

"진짜 죽이는 영화는 무성영화인 기라. 대사도 없고 사운드도 없어도 영상만으로 내용을 전달하니 얼마나 대단하나. 근데 졸고 있으마 그기 보이나? 집중해라."

할아버지의 말에 윈스턴은 눈을 비비며 고개를 끄덕였다.

분명 재미있는 이야기는 아니었다. 영화는 우리 삶의 극적인 부분만을 보여 주지만 이 그림들은 소소한 부분들을 그려 낸 것이니까. 하지만 나는 졸리지 않았다. 그림을 보고 있자니 당시에 느꼈던 감정들이 잔인하리만치 생생하게 살아났다. 이건 내가 망쳐 버린 시합의 기록인 것이다.

1회 초는 여울이를 처음 봤던 운동장 조회였다. 뒤로 익숙한 장면들이 지나갔다. 나는 사직구장 상공을 날아다니는 갈매기 풍선처럼 여울이 주변을 맴돌았다. 그리고 마침내 보기 싫은 장면이 나왔다.

나는 깨진 무릎을 안고 앉아 있었다. 어느새 앞에 온 여울이가 내 무릎에 밴드를 붙여 주었다. 나는 다음 장면으로 넘어가지 못했다.

나는 왜 마음을 이렇게밖에 표현하지 못했을까. 할아버지도 아버지도 나도 같았다. 우리는 우리를 사랑하는 사람에게 상처받고, 그 상처를 다시 우리가 사랑하는 사람에게 주었다.

부상 때문에 폼이 무너지면 제구가 나빠진다. 스트라이크를 던지고 싶어도 공은 엉뚱한 곳으로 날아간다. 미움은 마음의 상처를 곪게 하고 결국은 마음을 뒤틀어 버린다. 뒤틀린 마음으로 하는 사랑은 상대의 마음 한가운데에 전해지지 않는다. 엉뚱한 곳으로 날아가 상처를 주고 만다.

할아버지가 망설이는 나를 대신해 방향키를 연속해서 눌렀다. 피하고 싶은 장면은 지나가 버렸다.

"꼭 정면 승부만이 능사는 아이다. 상대하기 힘든 타자라면 일단은 피하는 것도 한 방법인 기야."

"그래. 어차피 진짜 중요한 건 이다음이잖아."

윈스턴이 말했다.

그랬다. 이 사건 이후로 그림의 분위기가 급격하게 변했다. 여울이는 하얀 도화지 같은 아이였다. 불을 붙이면 타올랐고 먹물을 떨어뜨리면 물들었다. 여울이가 받은 마음의 상처는 그림 위에서 검붉게 드러났다. 내 마음 역시 자책으로 구겨졌지만 겉으로는 아무렇지도 않은 듯 웃고 다녔다. 하지만 아무리 얼굴을 펴고 다녀도 구겨진 마음의 흔적은 숨길 수 없었다. 보고 있자니 아직도 내 마음속에 남아 있던 그 흔적들이 베일 듯이 선명해졌다. 기껏 힘든 타자를 걸렀지만 다음도 만만치 않았다.

몇 장면 넘어가지 않아 또 다른 변화를 발견했다. 여울이의 얼굴이 밝아졌다. 검붉은 물이 빠지고 하얀 도화지로 돌아갔다.

"근데 야 얼굴이 갑자기 환해졌네."

할아버지가 말했다.

나만의 착각이 아니었다. 그런데 왜? 무슨 일이 있었던 거지?

앞 장면을 살펴봤지만 떠오르는 것은 없었다. 게다가 나는 변화가 없었다. 여전히 속은 썩었으면서 겉으론 웃고 다녔다.

"시험을 잘 봐서 그런가……?"

윈스턴이 말했다.

시험이라니? 무슨 시험?

의아해하는 나를 보고 윈스턴이 장면을 돌려 가며 가리켰다.

"봐. 쪽지시험인지 뭔지 뭘 가리고 계속 쓰잖아. 여기도. 또 여기도."

윈스턴이 가리킨 장면들은 우리 반이 아니라 특수반이었다. 여울이는 시험을 치는 것처럼 남들이 볼 수 없게 뭔가 적고 있었다. 특수반에서 생활하는 동안 쪽지시험 같은 걸 본 적은 없었다. 아이들의 교육은 독립해서 사회생활을 할 수 있도록 하는 것에 초점이 맞춰져 있었다.

"혹시 편지 같은 걸 쓰는 거 아이가?"

할아버지가 말했다.

"맞다! 전에도 여울이랑 편지를 주고받지 않았을까 생각했잖아!"

윈스턴이 맞장구를 쳤다.

분명 시험보다는 편지가 어울렸다. 나는 장면을 뒤로 넘겼다. 여울이가 어떤 작은 함 앞에 서 있는 뒷모습이 나왔다. 여울이는 그 안에 뭔가 넣고 있었다. 나는 윈스턴을 보며 그림 속의 함을 가리켰다.

"어? 이건 마음의 소리 같은 건가? 아니면 방송부 사연함이나 도서부 건의함 같기도 하고…… 근데 요즘은 이런 거 쓰는 사람 없는데. 홈페이지가 있으니까."

갑자기 흐름이 끊기며 낯선 장면이 등장했다. 모두들 책상 위에 무릎을 꿇고선 눈을 감고 있었다.

"어, 이건 그건가 보네."

윈스턴이 말했다.

내가 쳐다보자 윈스턴이 설명하기 시작했다.

"너희 반에서 1학기에 대형 도난 사고가 터졌었잖아. 어떤 놈들 짓인지 그 이후에 주번 관리가 엄청 철저해져서 완전 귀찮아졌는데."

갑자기 이상한 감각이 온몸을 감았다. 전에도 이런 걸 느껴 본 적이 있었다. 흔히 운동선수들 사이에서 '존에 들어갔다'고 하는 상태. 리틀 야구에서, 그 전까지 도저히 쳐낼 수 없는 공을 던지던 투수가 있었다. 하지만 그날은 달랐다. 타석에 서자 주변의 소리가 잦아들고 시야가 좁혀졌다. 녀석의 손에 들린 공에 온 신경을 집중했다. 녀석이 투구를 시작했다. 공이 손에서 떠나는 순간 슬로비디오처럼 공의 회전이 눈에 들어왔다. 마침내 가까이 온 공은 윈스턴의 머리만큼이나 커 보였다. 회전하는 공의 실밥까지 보였다. 나는 배트를 휘둘렀고 공은 저 멀리 사라져 버렸다.

나는 첫 장면으로 이동해 키보드를 연타하며 그림을 넘겼다. 윈스턴과 할아버지가 나의 갑작스러운 행동에 뭐라 말을 했지만 내 귀엔 아무 소리도 들리지 않았다. 그림이 빠르게 지나가며 지금까진 눈에 들어오지 않던 진실의 형체가 보이기 시작했다. 그림을 넘기는 속도가 느려졌다. 진실의 실밥이 회전하는 모습이 내 눈에 뚜렷하게 보였다. 그리고 마침내 한 그림에서 멈춰 섰다.

17_그날의 음악실

날이 밝자 나는 음악 선생님과 교무실과 방송부, 그리고 마지막으로 도서부를 찾아갔다. 여울이가 그림 속에서 뭔가를 넣은 함은 도서부 것이었다. 비치하길 바라는 도서라든지 건의사항을 적어 내는 용도의 함은 오래전에 설치된 것이었는데 지금은 명목상 존재할 뿐이었다. 나는 미리 준비한 편지 한 통을 건의함 안에 넣었다.

띠링. 문자가 왔다. 윈스턴이었다.

—음악실 세팅 완료.

나는 윈스턴의 문자를 확인하고 내 편지의 수신인에게 문자를 보냈다.

—도서부 건의함을 확인해 봐.

나는 발신 번호로 여울이의 기일을 적었다. 건의함에 넣은 내 편지엔 방과 후에 음악실로 오라는 글이 적혀 있다. 그리고 녀석은 내 편지를 무시하지 못할 것이다.

"이제 된 거니? 나는 정말 빠져도 되는 거야?"

음악 선생님이 말했다.

나는 고개를 끄덕였다.

이제 구원투수는 없었다. 마무리는 내가 지어야 했다.

나는 특수반으로 돌아가 몇 시간 후에 일어날 상황에 대해 생각했다. 상상할 수 있는 모든 경우의 수를 계산해 봤는데도 시간이 남았다. 빨리 모든 것을 끝내고 싶은 나는 느리게 흐르는 시간에 타이밍을 빼앗기지 않기 위해 몇 번이고 다시 내가 해야 할 일에 대해 생각하면서 마음을 가다듬었다.

결국 기다리던 시간이 왔다. 수업이 끝나기 십 분 전, 나는 조용히 교실을 빠져나가 선생님을 찾아갔다. 선생님은 시계를 보더니 서랍을 열어 음악실 열쇠를 꺼냈다.

선생님이 잠시 열쇠를 만지작거리더니 날 보며 말했다.

"학교에 고용된 교사로서 나는 너에게 책임이 있어. 만약 널 혼자 보냈다가 또 다시 불상사라도 생기면 정말 곤란해. 무슨 말인지 알지?"

역시 같이 가겠다는 이야기인가?

나는 불안한 얼굴로 고개를 끄덕였다.

"지금 널 혼자 보내는 것은 이 계획이 너의 말과 기억을 온전히 되찾을 방법이라는 데에 동의하기 때문이야. 나는 나 자신의 안전보다 내가 맡은 너에게 책임을 다하고 싶어."

선생님이 나에게 열쇠를 쥐여 주며 말했다.

"다 되찾고 돌아와."

열쇠를 건네받은 나는 그날 여울이가 지나간 길을 걸어 음악실로 향했다.

여울이는 어떤 마음으로 이 길을 걸었을까. 오 분이면 도착하는 거리를 걸으며 여울이가 느꼈을 감정들에 대해서 생각했다. 음악실에 도착해 열쇠를 집어넣으며 여울이가 이 문을 열고 음악실에 들어섰을 때 느꼈을 당혹감과 그 이후의 상황에 대해서도 생각했다. 진실에 다가선 지금도 알 수 없는 여울이의 마지막에 대해서 생각했다.

종이 울렸다. 이제 생각은 그만할 때다. 마운드에 올라 마지막 타자를 처리해야 했다.

윈스턴이 늦게 오면 안 될 텐데.

걱정이 되었지만 혼자서라도 헤쳐 나가야 했다. 마운드는 고독한 곳이다. 포수와 등 뒤의 야수를 믿어야 하지만 그 전에 한 구 한 구 혼신의 힘을 다해 던져야 한다. 나는 긴장을 풀기 위해 깍지를 끼고 팔을 머리 위로 뻗어 스트레칭을 했다. 그때 음악실의 문이 열렸다. 마지막 타자가 그라운드에 들어섰다.

녀석은 어둠 속에 앉아 있는 나를 보고 멈칫했다. 나는 말을 할 수가 없었고 녀석은 할 말을 잃어버렸다. 우리는 잠시 말없이 서로를 바라보았다.

"여기서 뭐 하고 있어? 불도 다 꺼 놓고."

녀석이 말했다.

가능하다면 윈스턴을 기다리고 싶었다. 하지만 녀석이 이대로 나가 버리면 다시는 이런 기회가 없을지도 몰랐다.

"늦었네. 그럼 난 먼저 갈게."

녀석이 돌아서 문고리를 잡았다.

나는 커튼을 젖혔다. 빛이 녀석을 비췄다. 녀석은 문고리에서 손을 떼고는 빛을 피해 비켜섰다. 진실을 피하는 유일한 방법은 어둠 속에 숨어 버리는 것이다.

"무슨 기억이라도 난 거야?"

녀석이 애써 태연하게 말했다.

기억이 아니라 추리일 뿐이다. 그조차 완전하지 못했다.

하지만 나는 분필을 집어 칠판에 글자를 썼다.

〔너는 그날 여기에 있었어. 여울이를 불러낸 건 너야.〕

녀석은 어둠 속에서 말없이 나를 바라봤다.

나는 다시 커튼을 치고 프로젝터를 통해 그림들을 띄웠다. 천재 화가의 작품들이었다. 교실, 복도, 식당, 매점, 그리고 이곳 음악실까지. 학교 곳곳을 배경으로 한 여울이의 그림들이 지나갔다. 그림 속의 여울이가 어둠을 밝혔다. 녀석은 여울이에게 이끌리듯 화면이 가장 잘 보이는 음악실 중앙으로 걸어 나왔다. 나는 여울이가 활짝 웃고 있는 그림에서 화면을 멈췄다. 녀석은 화면이 멈춘 것을 아는지 모르는지 계속 여울이를 보고 있었다. 나는 화면 중앙으로 이동해 녀석과 여울이 사이를 가로막았다. 그제야 녀석은 정신을 차렸다. 어둠 속에서 녀석의 눈이 빛났다.

"잘 그렸네. 그런데 이게 뭐 어쨌다는 거야?"

나는 그림이 잘 보이도록 옆으로 서서 다시 그림을 뒤로 돌렸다. 그리고 한 장씩 넘기며 레이저포인터로 그림마다 표시를 했다. 내가 가리킨 건 여울이도 나도 아니었다. 녀석이었다. 처음엔 나와 여울이에게만 집중한 나머지 알아채지 못했다. 여울이 주변을 맴돈 것은 나만이 아니었다. 언젠가부터 녀석의 모습이 그림마다 나왔다. 녀석은 항상 여울이를 지켜보고 있었다.

"그래, 내가 자주 나오네. 그래서 뭐? 뭘 말하고 싶은데!"

녀석은 침착함을 잃지 않으려 했지만 오래도록 억눌러 왔던 감정이 새어 나오는 것까지는 막지 못했다.

나는 다시 그림을 넘겼다. 무릎을 다친 내 앞에 여울이가 있다.

"집어치워……."

나는 녀석의 말을 무시하고 다음 장면으로 넘겼다. 여울이가 내 무릎에 밴드를 붙여 주고 있다.

"그만하라고 했다."

다음은 피하고 싶었던 장면이다. 하지만 마주해야 했다. 내 미숙함을 고백하고 용서를 구해야 했다. 나는 버튼을 눌렀고 다음 장면이 떠올랐다.

나는 여울이를 발로 찼다. 여울이는 흙바닥을 굴렀다.

나는 그림 속의 쓰러진 여울이 앞에서 고개를 숙였다. 녀석이 뒤에서 달려들었다.

"이 새끼가! 너 뭐야? 이제 와서 용서라도 빌고 있냐? 그림한테 용서를 빌어?"

녀석이 내 목을 조르며 말했다.

온몸에서 기운이 빠져나갔다. 눈앞엔 쓰러져 있는 여울이의 얼굴이 보였다. 당혹감과 창피함으로 가득한 여울이의 눈이 보였다. 그림 속의 못난 나는 그 눈을 애써 외면했다. 의식이 멀어지면서도 나는 그 모든 것을 똑바로 바라보았다. 그리고 마음속으로 외쳤다.

미안하다. 미안해. 나를 용서해 줘.

갑자기 기시감이 느껴졌다. 아니 기시감 같은 것이 아니었다.

이건 그날의 한 장면이었다. 기억의 문이 열리는 순간 윈스턴이 음악실로 들어왔다. 윈스턴은 내가 여울이를 만나기 직전 녀석을 떼어 냈다. 나는 주저앉았고 녀석은 나뒹굴었다.

"미안. 생전 안 하다가 뭔 갑자기 면담이냐고. 그래도 딱 맞게 왔지?"

윈스턴이 말했다.

쓰러져 있던 녀석이 일어나 의자를 집었다.

"그만해라! 반장!"

윈스턴이 말했다.

반장이 의자를 든 자세로 멈췄다.

"협박당한 거 다 알아. 우리가 도와줄게. 내려놔라."

윈스턴의 말에 반장의 눈에서 눈물이 흘렀다. 반장은 의자를 내려놓고 서럽게 울었다. 그 울음은 녀석의 자백이었다.

반장은 나처럼 여울이에게 반했다. 하지만 아이들의 시선이 신경 쓰여 접근하지 못했다. 녀석은 나와는 다른 방식으로 여울이를 챙겼다. 반 아이들, 특히 더 관심을 가져야 할 특수반을 보살피는 반장으로서의 임무를 성심성의껏 한 것이다. 다른 일에는 무신경했다면 의심을 샀겠지만 반장은 성실한 녀석이었다. 아이들의 눈에는 어떤 일이든 책임을 다하는 고지식한 반장일 뿐이었다. 문제는 여울이에게도 그렇게 보였다는 것이다.

반면 나는 싫어하는 척하면서도 여울이를 챙겼다. 아이들뿐 아니라 여울이도 그걸 알았다. 나와 여울이는 공식적으로 인정받는 커플이자 놀림의 대상이었다.

반장은 나의 방식을 좋아하지 않았다. 그리고 실제로도 내 방식은 좋지 않았다. 결국 나는 모두의 앞에서 여울이를 걷어찼다. 여울이는 그 후로 극도로 어두워졌다. 그 모든 것을 지켜보던 반장은 여울이를 두고만 볼 수 없었다. 방법을 모색하던 반장은 내가 여울이와 편지를 주고받는다는 소문을 떠올렸다. 반장은 나의 이름으로 여울이에게 편지를 썼다. 답장이 없었지만 포기하지 않았다.

"처음엔 아무런 반응도 없더니 어느 날 답장이 온 거야. 그때 나도 모르게 욕심이 생겨 버렸어. 일이 이렇게 될 줄은 몰랐어."

반장이 무릎을 꿇고 기도하듯 말했다.

"1학기 때 체육 시간이 끝나고 돌아와 보니 난리가 났어. 주번이 화장실에 간 사이에 누군가 반을 싹 다 털어 버린 거야. 내 지갑도 여울이에게 줄 편지도 사라졌어. 없어진 지갑과 편지는 그날 밤에 확인할 수 있었어."

키다리와 덩치였다. 녀석들은 편지를 빌미로 반장을 협박했다. 사람이 사람을 좋아하는 것이 협박거리가 되었다. 여울이를 좋아하는 것엔 세상과 맞서는 용기가 필요했다.

"그 자식들이 편지로 여울이를 불러내게 했어. 하지만 여울이를 그런 놈들하고 둘 수는 없었어. 무슨 일이 있을지는 뻔하잖

아. 평소에 네가 음악실을 쓰고 싶다고 말했던 게 기억이 났어. 그래서 그날 너한테 음악실을 써도 좋다고 하면서 열쇠를 맡겼어."

피아노를 치며 노래를 하는데 녀석들이 들어왔다. 방과 후의 음악실은 녀석들이 기웃거릴 만한 장소가 아니었기에 나는 조금 당황했다. 나는 이미 여울이 때문에 녀석들과 싸움을 벌인 적이 있었다. 지나가던 선생님 때문에 주먹을 교환하기 전에 끝났지만 그 일로 나의 주가는 올라갔다. 혹시 그 싸움의 연장을 위해 온 것이라면 음악실은 최악의 장소였다. 예전엔 워낙 화가 나서 덤벼들었지만 맨정신으로 녀석들과 싸울 마음은 없었다. 다행히 녀석들은 나에게 볼일이 있어서 온 것이 아니었다. 나보다 녀석들이 당황하는 것이 증거였다. 내가 여기 있을 줄 몰랐던 것이다. 같잖은 시비를 거는 폼을 보아하니 나를 음악실에서 내쫓고 싶은 것이 분명했다. 무엇 때문일까 궁금하기도 했지만 나 역시 충돌하고 싶지는 않았기에 자리를 피했다.

학교 건물을 나가려다 음악실 쪽으로 가는 여울이를 보았다. 순간적으로 녀석들이 음악실에 온 이유와 지금 이 시간에 혼자 음악실 쪽으로 가는 여울이에 대해 생각했다. 우연일 수도 있었다. 하지만 이때의 나도 우연 따위는 믿지 않았다. 나는 음악실로 뛰어갔다. 문 앞에 반장이 보였다. 반장은 문고리를 붙잡고 들어서지도 떠나지도 못하고 있었다. 나는 반장을 밀치고 곧바로 음악실로 뛰어들었다.

"갑자기 네가 나타나서 음악실로 뛰어들었어. 나도 뒤따랐지. 금방 네가 나타나 준 덕분에 다행히 별일은 없었어. 너는 묻지도 않고 바로 녀석들에게 달려들었어. 나도 싸웠지만 우린 상대가 안 됐어. 결국 너는 너대로 나는 나대로 맞고…… 그런데 갑자기 여울이가 나섰어."

"여울이가?"

윈스턴이 물었다.

"꽃병이 깨져 있었다고 그랬잖아. 여울이가 들고 있다가 떨어뜨린 게 아냐. 여울이가 뒤에서 꽃병으로 내리친 거야."

"그래서? 그놈이 가만있었어?"

"놈이 충격받은 틈을 타 네가 일어나서 반격을 하기 시작했어."

반장이 나에게 말했다.

"그렇게 한 놈을 정리하고, 맞고 있던 나를 도와주러 왔어. 그런데 나를 도와주는 사이 뒤에 쓰러져 있던 놈이 일어나서 칼을 꺼내 든 거야. 그리고 너를 뒤에서 찌르려고 했어. 근데 그걸 또 여울이가 막아섰어."

"어떻게?"

"그냥…… 양팔을 벌리고 가로막았어."

"뭐?"

"앞을 막아섰다고! 그 상황에서 뭘 할 수 있었겠어?"

"그래서…… 멈췄어?"

더 이상 설명을 들을 필요는 없었다. 내 눈에 여울이의 뒷모습이 분명히 보였기 때문이다. 여울이는 나의 등을 지키기 위해 칼 앞에 무방비로 섰다. 화를 돋우는 행동에도 덩치는 놀랍게도 멈춰 섰다. 여울이가 보여 준 용기에 감동해서는 아니었다. 그 순간 여울이의 심장에 심어진 시한폭탄이 작동한 걸 알아챘기 때문이다.

"이년 왜 이래?"

덩치가 말했다.

우리는 일순간 정지 버튼을 누른 것처럼 멈췄다. 음악실이 정적에 빠졌다. 움직이는 것은 시계추와 미세하게 떨리는 여울이의 팔뿐이었다. 우리도 곧 알아챘다. 지금 한 생명이 이곳을 떠나 다른 곳으로 간다는 것을.

"야, 가자."

덩치는 폭탄이 터지기 전 자리를 피하려고 했다. 나와 싸우고 있던 키다리가 여울이를 멍하게 보고 있는 내 멱살을 잡고 말했다.

"야, 절대 우리만 죽지 않아. 너희들 얼마든지 엮을 수 있어. 알아들어?"

"가자니까!"

덩치가 키다리를 재촉했다.

"쓸데없이 나불거리지 마라. 혀를 뽑아 버린다. 어!"

키다리가 말했다.

여울이가 주저앉았다. 나는 키다리를 뿌리치고 여울이를 끌어안았다. 키다리와 덩치는 도망쳤다. 여울이의 호흡이 가빠졌다. 여울이는 평소에 배운 대로 심호흡을 하고 기침을 반복하며 심장을 자극했다. 하지만 심장은 여울이의 말을 듣지 않았다. 여울이의 심장에 문제가 있다는 걸 알고부터 응급상황에 대한 대비법을 배워 두었었다. 나는 심폐소생술을 시행하면서 반장에게 119를 부르라고 외쳤다. 여울이의 몸이 심하게 떨렸다. 나는 여울이와 입을 맞추고 숨을 불어넣었다. 하지만 내 숨으론 여울이의 심장에 난 구멍을 막을 수가 없었다. 마지막이 다가오고 있었다.

여울이는 고통 속에서도 계속 나를 보았다. 늘 그랬다. 여울이는 늘 나를 보았는데 나는 늘 세상의 눈치만 살피고 있었다. 여울이는 심장에 폭탄을 안고 태어난 불운한 바보가 아니었다. 눈치 보거나 계산하지 않고 자신을 표현했다. 우리보다 머리는 나빴지만 무엇이 옳고 그른지 알았으며 자신이 아는 대로 용기 있게 행동했다. 나와는 정반대였다. 여기까지 와서야 나는 여울이의 눈을 똑바로 볼 수 있지만 여울이의 눈은 더 이상 나를 볼 수 없다. 나는 울며 여울이의 눈을 감겼다.

한참을 그대로 엎드려 있는데 덜컹거리는 소리가 났다. 반장이 몸싸움 때문에 쓰러진 의자들을 세워 정리하고 있었다. 반장

다운 행동이었지만 지금 할 일은 아니었다.

"지금 뭐 해?"

내가 말했다.

반장은 대답 대신 계속 의자를 정리했다. 녀석은 정확히 열까지 맞추고는 깨진 꽃병 조각들을 봤다. 기분 나쁠 정도로 침착한 태도였다.

"지금 뭐 하냐니까?"

다시 묻자 반장이 혼잣말처럼 말했다.

"꽃병은 그냥 두는 게 좋겠어. 들고 있다가 갑자기 심장마비가 와서 넘어지며 떨어뜨린 거야. 좋아. 그렇게 하자. 괜히 치우면 의심받을 거야."

"뭐?"

"아무 일도 없었어. 아무 일도 없었던 거야."

"없긴 뭐가 없어!"

"니가 잠시 연습을 하고 싶다고 해서 난 너에게 키를 줬어. 그런데 넌 그만 음악실 문을 잠그는 걸 깜박한 거야. 내가 그걸 확인하고 너한테 전화를 해서 넌 다시 돌아왔지. 그런데 여울이가 너를 보고 따라온 거야. 원래 널 좋아했으니 이상한 일도 아니야. 그리고 갑자기 심장마비가 시작되었어. 넌 살리려고 최선을 다했지만 막을 수 없었어. 다시 확인하러 온 나도 그 광경을 봤고. 그렇게 증언해 줄게."

"너 지금 무슨 말을 하는 거야?"

"내 말대로 하지 않으면 전부 니가 한 짓이라고 할 거야. 너랑 여울이 사이는 누구나 알아. 누구 말을 믿을 것 같아?"

나는 반장에게 달려들어 멱살을 잡았다.

"이 새끼가!"

"내가 너희들이랑 같아?"

반장이 소리쳤다.

나는 멱살을 놓았다.

너는 남들과 달라. 너는 특별한 사람이야. 거룩하고 정결해야 해.

아버지의 말이 생각났다.

반장은 여느 아이들과는 다른 존재였다. 반듯하고 흠이 없어야 했다. 흠집이 생기면 반장은 녀석이 들어가려는 사회에 들어갈 수가 없다. 그리고 그 사회에 속해 있는 녀석의 부모와 형과 누나는 반장을 가족의 일원으로 인정하지 않을 것이다. 협박 때문이라지만 반장은 이미 녀석들에게 협조를 했다. 흠이 생겨 버렸다. 반장은 나와 똑같아질까 봐 겁에 질렸고 흠을 지우려 했다.

반장과 다른 나는 용케도 이 사실을 이해했다. 화도 나지 않았다. 나 역시 내가 키다리와 덩치와는 다르다고 생각했기 때문이다. 반장이 내 반대편에 선다면 사람들은 내 말을 믿지 않을 것이다. 나는 키다리나 덩치와는 달라야 했다. 아버지의 아들은 거룩하고 정결하게 살아야 했다. 그렇지 않으면 아버지의 아들이 아니다.

천장을 보았다. 없다. 이곳엔 감시카메라가 없다.

거룩하고 정결하게 살라고 몰아붙이기 전에 그래도 넌 우리의 가족이라고, 어떤 일이 있어도 넌 나의 아들이라고 말해 줬어야 했다. 왜 아무도 우리에게 이것을 가르쳐 주지 않았을까.

반장은 내 앞에서 고개를 숙이고 있었다. 그러나 우린 똑같은 죄인이었다. 내가 낫다 네가 낫다 할 것이 없었다.

가룟 유다는 예수님을 은전 삼십에 팔아넘겼고 베드로는 예수님을 세 번이나 부인했다. 둘 다 똑같은 배신자였지만 유다는 죄책감에 스스로 목을 맸고 베드로는 살아남았다. 부활한 예수님이 베드로를 찾아오자 그는 뻔뻔하게도 자신이 저주를 퍼부었던 예수님 앞에 나아갔다. 그리고 자신을 사랑하느냐는 예수님의 물음에 더없이 근심하면서도 내가 주님을 사랑하는 줄을 주님이 아십니다라고 대답했다. 사실이었다. 베드로의 사랑은 미숙했지만 거짓은 아니었다. 그는 용서받았고 남은 평생을 사랑으로 충만한 삶을 살았다.

지금 우리가 할 일은 누가 더 나쁜 놈인가를 가리는 것이 아니었다. 진심으로 용서를 구하고 싶다면 우리는 수치를 끌어안고 빛 가운데 나아가 우리의 미숙한 사랑을 고백해야 했다.

그것이야말로 우리가 할 수 있고 또 해야만 하는 유일한 일이었다. 마지막까지도 기이할 정도로 사랑이 넘쳤던 아이, 그래서 우리의 미숙한 사랑도 받아 주었던 그 아이는 우리의 진심을 받아 줄 것이다.

그때 갑자기 반장이 창가로 뛰어가더니 커튼을 젖히고 몸을 던지려고 했다. 윈스턴과 내가 달려들어 반장을 잡았다. 빛이 반장에게 비쳤다. 반장은 햇빛에 타오르는 뱀파이어처럼 울부짖었다.

나는 몸부림치는 반장을 붙잡고 마음속으로 외쳤다.

살자. 스스로 목을 매지 말자. 뻔뻔하게 살아남아 용서를 구하자. 그리고 다시 시작하자.

18_ 그때는 도둑처럼

반장과 나는 그길로 경찰서로 가서 모든 것을 털어놓았다.

그리고 반장은 긴 글을 자신의 페이스북에 올렸다. 반장의 글은 여기저기 공유되며 퍼져 나갔다. 반장이 내놓은 진실은 잠잠해진 바다에 다시 태풍을 몰고 왔다. 반장도 나도 힘든 시간을 보내게 되었다. 하지만 태풍이 불지 않으면 바다는 썩어 버린다.

거센 태풍에 기름이 잔뜩 낀 증오의 바다가 뒤집혔다. 벗겨질 것 같지 않던 기름때가 사라지고 햇빛 아래 맑은 바위들이 드러났다. 호기심 대신 애도의 마음이 퍼져 나갔다. 엘 할머니의 말이 맞았다. 진실은 텁텁하고 넘기기 힘들지만 우리 모두를 건강하게 했다.

키다리와 덩치에게 수배령이 내려졌다. 미수에 그쳤지만 강간 모의에 칼까지 휘둘렀기에 살인미수까지 더해졌다. 녀석들은 사라졌다.

협박에 의해서라도 범행에 가담했기에 반장은 법정에 서게 되었다. 아마 정상참작이 될 거라고 했다. 나 역시 사건을 은폐한 혐의가 있었지만 불기소처분을 받았다. 그래도 법정에는 증인으로 나가야 했다.

처음 접한 재판은 의외로 심심했다. 나는 선서를 하고 몇 번 고개를 끄덕이고 몇 번 가로저었다. 그걸로 끝이었다. 반장은 자신이 털어놓은 사실을 순순히 인정했다. 재판은 재방송되는 투수전처럼 긴장감 없이 진행되었다.

재판이 끝나고 화장실을 들렀다가 반장을 만났다.

"수고했다."

반장이 말했다.

고개를 끄덕이고 나가려는데 반장이 붙잡았다.

"다음 재판에서는 네 목소리로 증언하길 바랄게."

나도 바라는 바다. 나는 고개를 끄덕였다.

반장과 헤어지고 나오니 할아버지가 기다리고 있었다.

"앞으로 몇 번 더 와야겠제?"

키다리와 덩치가 잡히면 와야 할 것이다. 그러니 꼭 와야 했다.

"말도 못 하는 아를 왜 자꾸 불러 쌌노."

할아버지는 어두워지는 내 얼굴을 보고 급하게 덧붙였다.

"아이고야. 미안타. 그런 뜻이 아니고…… 무슨 뜻으로 한 말인지 알제?"

나는 웃어 보였지만 실은 답답했다. 기억을 찾으면 괜찮아질 거라고 생각했다. 하지만 나는 여전히 말을 못 한다. 뭔가 다른 문제가 있나. 아직 풀어내지 못한 무엇이. 할아버지가 침울해하는 나를 보다가 뜬금없는 질문을 던졌다.

"니 희망 미용실이 왜 그리 잘됐는 줄 아나?"

그거야 물론 할머니가 노래를 잘해서죠.

"어떤 사람들은 니 할매가 노래를 잘해서 그리된 기라 생각하대."

당연히 답이라고 여겼던 생각이 빗나가자 당황스러웠다.

할아버지는 웃으며 말했다.

"세상에 노래 잘하는 사람들이 을매나 많은데 니 할매 노래 듣겠다고 굳이 미용실로 가겠노. 공짜로 잘라 주는 기도 아니고."

듣고 보니 그렇다. 그럼 무엇 때문에?

"뭐 때문은 뭐 때문이겠나. 식당이 잘되면 맛이 좋아서 그런 기고. 미용실이 잘되면 머리를 잘 자르니까 그런 거 아니겠나."

하지만 할머니는 항상 손님 요구를 무시하고 자기 멋대로 머리를 잘랐다. 오히려 망했어야 하는 거 아닌가.

"니 지금 무슨 생각하는지 다 안다. 니 나랑 할매가 어떻게 만났는지 아나? 미용실에서 만났다 아이가."

확인할 방법은 없지만 할아버지는 시골이라도 그 지역의 트렌드세터였단다. 로커처럼 머리를 길러 일할 때는 묶고 다녔다는데 지금 모습을 봐선 상상조차 되지 않았다.

"여름이기도 하고 너무 많이 길어가 조금 손질을 하려고 간 데가 하필이면 희망 미용실인 기라."

할아버지와 할머니의 운명적 만남은 이제 시작인데 벌써부터 웃음이 나왔다.

"손질 좀 잘해 주이소 하고 한숨 잤다 아이가. 내가 전날 술을 좀 많이 묵었거든."

오. 지저스.

"일어났더니 이기 뭐꼬. 삭발을 해 놨다 아이가. 와, 이 가시나가 미쳤나. 이랬더니 그게 내한테 제일 잘 어울리는 스타일이라꼬 천연덕스럽게 말하는 기라. 진짜 뭐 이딴 게 다 있노 싶어가 한판 뜰까 했는데 더 주고받아 봤자 답도 안 나오겠다 싶고 그냥 재수 없이 똥 한번 밟았다 생각하고 나왔다. 그래도 나오는 길에 문짝이라도 뿌시 뿔라고 문을 쾅 하고 닫았는데…… 와, 그 문 진짜 튼튼하데."

아, 소리 내서 웃을 수 있으면 얼마나 좋을까. 배가 아파서 눈물이 났다.

"저녁에 친구들하고 술 약속이 있어서 나가는데 답이 없는 기라. 뭐가 있어야 카바를 해 보지 않겠나. 싹 다 밀어 뿌렸는데 우야겠노. 기냥 모자 쓰고 나갔다. 근데 친구들이 좀 짓궂나. 친구의 아픔을 함께 나눌 생각은 안 하고 어떻게든 모자를 벗기가 놀려 먹으려고 하는 기야. 필사적으로 막고 있었는데 한 아가 화장실 간다고 했다가 기습을 한 기다. 와, 내 미용실 하나 잘못 골라가 개망신을 당하는구나 했는데…… 친구들이 조용한 기야. 이 새끼들이 막상 보니까 동정심이 솟구치나 했는데 다들 잘 어울린다고 하는 기라. 이 새끼들아 차라리 욕을 해라 했는데 다들 진심이데. 그러면서 하는 말이 사실 이전에 머리 기르고 다녔을 땐 속으로 을매나 욕을 했는지 모른단다. 지저분하게 뭐하러 저라고 다니는지 모르겠다고. 나중에는 마 임마들이 지도 한번 밀어 볼까 이러는 기야. 내가 그랬지. 니 새끼들은 대가리 꼴이 못나서 안 돼. 아무나 어울리는 기 아니야, 이기."

할아버지는 다음 날 자신이 뿌시 뿔라고 했던 그 문을 열고 희망 미용실로 들어갔다.

"이제 알겠나? 왜 희망 미용실에 그리 손님이 많았는지? 니 할매는 증말 아티스트였다. 막상 처음 봤을 땐 아이다 싶지만 시간 지나서 보믄 딱 아는 기야. 아. 이게 내구나. 또 이기 내한테 가장 자연스럽고 멋스럽고 어울리는구나. 사람들은 다 지는 보지 않고 남들만 보면서 이 사람처럼 저 사람처럼 해 달라 카지만 니 할매는 딱 보고 그 사람한테 제일 어울리는 걸 알았던 기라. 되도 않는 다른 사람이 되려고 안달이 난 사람들한테 가장 어울리고 멋진 지 모습을 찾아 준 기라. 선구안이 좋았던 기지."

초등학교 졸업앨범이 생각났다. 거울을 보고 할머니를 원망했던 그 머리. 하지만 복도에서 마주치는 여자 선생님들은 하나같이 예쁘다고 칭찬했었다.

"근데 니 할미도 어쩔 수 없는 손님들이 있다. 누군지 아나?"

나는 고개를 저었다.

"누구긴 누구겠나. 미용실에 들어왔으믄 믿고 끝까지 맡기야 해 주지 않겠나. 중간에 거울로 보다 지 맘에 안 든다고 뛰쳐나가믄 금마들은 어쩌노. 참 바보 같지 않나. 그냥 믿고 기다리마 멋지게 바꿔 줄 긴데 그걸 못 기다리고 나가는 넘들이. 뭐든지 때가 있는 기야. 눈으로 보기에는 잘못되는 거 같고 안 될 거 같지만 그때가 안 돼서 그런 기다. 지나가 보믄 안다. 하늘의 니 할매가 니 말 좀 하게 해 달라고 만날 노래 부르고 있을 기야. 좀만 더 기다리 봐라. 그때가 온다."

나는 '그때'가 이런 방식으로, 이렇게 빨리 올 줄은 몰랐다. 그때는 도둑같이 찾아왔다.

뒤편에서 배기음이 들려왔다. 형형색색의 라이트로 요란하게 장식을 한 스쿠터가 우리를 지나쳐 갔다. 스쿠터와 색깔 맞춤이라도 했는지 머리를 빨강과 노랑으로 염색한 두 녀석이 앞뒤로 타고 있었다. 스쿠터는 얼마 가지 않아 급정거를 했다. 신호에 걸린 것도 고장이 난 것도 아니었다. 녀석들의 뒷모습이 눈에 익었다.

키다리와 덩치가 스쿠터에서 내려서 이쪽으로 걸어왔다. 인사를 하려는 건 아닌 게 분명했다.

"점마들…… 그놈들이가……."

할아버지가 말했다.

나는 고개를 끄덕였다.

일부러 기다리고 있던 것은 아니었다. 작정을 하고 온 것이라면 대낮에 얼굴을 드러내고 당당하게 올 리가 없었다. 하필이면 이런 상황에서 우연히 마주치다니, 신의 장난 같았다.

아니다. 우연 따윈 없었다. 그리고 하나님은 장난을 치지 않는다. 내가 빈볼을 던졌고 이제 보복구가 날아올 차례일 뿐이었다. 피하거나 받아치거나 둘 중 하나였다. 나는 할아버지를 봤다. 할아버지의 얼굴은 굳어 있었지만 겁을 먹은 눈치는 아니었다. 이런 상황에서도 할아버지는 위엄이 있었다. 하지만 그만큼의 힘을 갖고 있지는 않았다. 반장과 둘이 싸웠을 때도 졌다. 결과는 뻔했다. 피해야 했다.

지금 도망가면 녀석들은 스쿠터로 돌아가서 쫓아올 것이다. 침착하게 기다리다 중간쯤 왔을 때 할아버지와 찢어져 달리면 녀석들은 나를 쫓을 것이다. 플라이맨의 차도 따돌려 봤다. 달리기라면 내 쪽이 유리할지도 모른다.

하지만 녀석들은 바보가 아니었다. 내가 스타트를 끊기 전 녀석들이 달리기 시작했다. 역동작에 걸린 것치곤 재빨리 출발했지만 이미 내 계획과는 전혀 다른 전개였다. 뒤에서 성큼성큼 쫓아오는 것이 느껴졌다. 아마 키다리일 것이다. 이대로 잡히면 아무것도 못 한다.

피하지 못한다면? 받아쳐야지.

나는 속도가 최고조에 오를 무렵 뒤로 몸을 틀어 머리부터 들이밀었다. 발목이 비명을 질렀지만 이 방법밖에는 없었다. 예상대로 키다리는 달려오는 속도를 제어하지 못했다. 나는 미식축구를 하는 것처럼 녀석의 몸통에 깊게 태클을 넣었다. 녀석은 그대로 뒤로 자빠져 오른쪽 가슴 아래를 감싸며 비명을 질렀다.

됐다. 이제 이대로 도망쳐서 사람을 부르면 된다.

"이 새끼가!"

덩치가 소리를 지르며 달려들려고 하자 뒤에서 할아버지가 덩치를 끌어안았다.

"가라! 도망치……"

할아버지의 말이 끝나기도 전에 덩치는 할아버지의 한 팔을 잡아끌어 바닥에 내팽개쳤다.

그리고 나에게 말했다.

"너 이 새끼 이리 안 와!"

냉정하게 판단하자면 나는 그대로 도망쳐야 했다. 쓰러진 할아버지의 머리맡에서 피가 흐르지 않았다면 그러려고 했다.

나는 할아버지에게 뛰어갔다. 덩치는 내가 덤벼드는 줄 알고 싸울 준비를 했지만 나는 덩치를 지나쳐 할아버지 머리맡에 무릎을 꿇었다. 할아버지는 일어나려 애를 썼지만 몸을 가누지 못했다. 아마도 아까 덩치가 할아버지를 메칠 때 도로 턱에 머리를 부딪친 것 같았다.

"뭐, 뭐야……."

덩치가 당황한 목소리로 말했다.

나는 할아버지의 몸을 반듯이 눕히고 머리를 조금 세웠다. 할아버지 머리 뒤편에서 피가 묻어 나왔다. 상처가 깊었다.

"이게 뭐야…… 왜 이러는데!"

덩치가 말했다.

나는 덩치를 노려봤다.

"왜! 왜 자꾸 나한테만 이러는데! 내가 뭘 잘못했다고!"

덩치가 알 수 없는 소리를 지르면서 스쿠터로 달려갔다.

나는 가방으로 할아버지의 머리를 받친 후 휴대폰을 꺼냈다. 덩치는 스쿠터로 달아났고 키다리는 자신을 버리고 떠난 덩치에게 욕을 퍼붓다가 힘겹게 일어나 어디론가 갔다. 지금은 녀석들이 달아나는 게 문제가 아니었다. 배터리가 없다. 나는 주변을 살폈다. 다행히 멀지 않은 곳에 공중전화가 있었다. 뛰어가서

119를 눌렀다. 상담원이 전화를 받았다.

"예, 119 상황실입니다."

'지금 저희 할아버지가 다쳤어요!'라고 외치고 싶었지만 나는 말을 못 했다.

"여보세요. 말씀을 하세요."

'머리 뒤편에서 피가 많이 나요. 빨리 와 주세요.'라고 말하고 싶었지만 나는 아무 말도 못 했다.

"이보세요. 장난전화 때문에 정말 필요한 분이 도움을 못 받을 수도 있습니다."

'장난이 아니에요! 정말 할아버지가 다쳤어요! 이러다 죽겠어요!'라고 말하고 싶었지만 나는 아무 말도 못 했다.

뚜뚜뚜…….

나는 수화기로 공중전화박스 유리벽을 때렸다. 휘두를 때마다 유리벽에 금이 가며 파편들이 튀어나왔다.

"다친다! 다친다!"

할아버지가 외쳤다. 할아버지는 한 손을 들어 손짓했다.

"다친다…… 괜찮다…… 이리 온나……."

나는 울며 할아버지 앞에 무릎을 꿇었다.

"안다. 괜찮다. 다 때가 있는 기라고 했제. 니가 잘못한 게 아이다. 무슨 말인지 알겠제?"

나는 무슨 말인지도 모르면서 연신 고개를 끄덕였다.

"내 부탁 하나만 하자. 들어줄 기지?"

나는 계속 고개를 끄덕였다. 그렇게 하지 않으면 할아버지가 영영 떠나 버릴 것 같았다.

"니 아부지…… 용서해라. 가가 내가 잘못해서 그리된 기다. 니 용서 안 하믄 내랑 니 아부지랑 똑같이 된다. 그래도 좋나?"

나는 고개를 저었다. 온 힘을 다해 필사적으로 고개를 저으며 할아버지를 끌어안았다.

"담아 두지 마라. 말해라. 가서 제대로 던지 삐고 용서해라. 알겠나?"

할아버지가 주먹을 쥐고 내 가슴을 두드렸다.

진심을 다해 던지면 받아 줄 거라 생각했다. 하지만 아버지는 내 공을 받아 주지 않았다. 내 공이 틀렸다고 했다. 자신이 요구하는 코스로 던지라고 말했다. 내가 그쪽으로 던지지 못하면 화를 냈다. 나는 던지기를 포기했다. 말을 잃어버린 순간은 트럭에 부딪힌 날이 아니라 마운드에서 내려온 그날이었다. 그날 이후 나는 마음속으로만 말했다. 쌓여만 가던 내 마음의 말들이 새어 나갈까 봐 나는 벽을 세웠다. 진심은 들어오지도 나가지도 못했다. 그 벽은 아버지와 나뿐 아니라 여울이와 나도 가로막았다. 할아버지의 말이 그 벽에 와서 부딪혔다. 벽이 몸을 떨며 울었다. 전해지지 못한 수많은 말들도 벽을 따라 울었다.

"아아아아아……."

누군가 우는 소리가 들렸다.

누가 울고 있는 거지. 여기엔 할아버지와 나밖에 없는데.

나는 주변을 돌아보았다.

헛것이 들리나 했는데 할아버지가 말했다.

"니 울고 있나?"

"네?"

"니 말하네. 니 말하는 거 맞제?"

"네에……?"

내 목소리가 내 귀에 들렸다.

"우네. 우리 손주가 우네."

할아버지는 이제 막 첫울음을 터뜨리는 손자를 보는 것처럼 기뻐했다. 나는 그만 다시 울음이 터지고 말았다. 하지만 할아버지는 점점 의식을 잃어 갔다. 나는 정신을 차리고 공중전화로 뛰어가 119를 눌렀다. 뭐라고 말을 했는지는 모르겠다. 몇 번이나 진정하라는 말을 들었던 것만 기억난다. 전화를 끊고 나는 다시 할아버지에게 달려가 웃옷을 벗어 할아버지 몸을 덮었다.

머리에 작고 차가운 알갱이가 떨어졌다. 하늘을 올려다보았다. 눈이었다. 올해의 첫눈이었고 예년보다 한 달은 빠른 눈이었다. 길 위로 하얀 눈이 엷게 덮일 무렵 멀리서 사이렌이 들려왔다.

19_ 나는 안다

병원에 도착하자마자 할아버지는 긴급 수술에 들어갔다. 엄마는 전화를 받지 않았다. 나는 망설이다 아버지의 휴대폰 번호를 눌렀다. 같은 집에 살면서도 내가 먼저 전화를 건 것은 몇 년 만이었다.

"여보세요."

아버지가 말했다.

나는 다시 말하는 법을 잊어버린 것처럼 아무 말도 못 했다.

"누구세요? 이 번호는 우리 아들 건데 누구십니까?"

아버지가 재차 묻자 나는 그제야 답했다.

"……저예요."

이번엔 아버지가 말을 잊었다.

"병원이에요. 할아버지가 다치셨어요. 지금 수술 들어갔어요."

아버지는 내 설명을 듣고 한참이나 있다가 알았다고 말하고는 전화를 끊었다.

얼마 되지 않아 아버지와 엄마가 보호자 대기실로 들어왔다.

'오셨어요.'라는 나의 인사에 엄마는 나를 끌어안고 울음을 터뜨렸다.

"전 괜찮아요. 그런데 할아버지가……."

나는 아버지를 보며 말했다.

아버지는 고개를 끄덕이더니 복도로 나가 지나가는 의사를 붙잡고 어디론가 사라졌다.

엄마는 뒤를 돌아보고 아버지가 없다는 걸 확인하고 말했다.

"갔나?"

"네. 할아버지 알아보려고 가신 거 같은데요."

"말도 한마디 안 하고 갔나? 아들이 다시 말문이 터졌는데."

'아버지는 원래 그런 사람이잖아요.'라고 말할 수도 있었지만 나는 그냥 웃었다. 하지만 엄마는 웃을 기분이 아니었다.

"웃기는! 옛날에 했던 말 취소다."

"무슨 말이요?"

"내 안 그랬나. 니한테 아버지가 뭘 그리 잘못했느냐고. 기억 안 나나?"

기억이 났다.

아버지와 나를 보다 못한 엄마가 그렇게 말했다. 정확히 기억이 났다. 내가 어떻게 대답했는지도.

수술은 쉽게 끝나지 않았다. 장기간 입원을 해야 할 것 같아 엄마는 집에 가서 짐을 챙겨 오기로 했다. 아버지와 나, 단둘이 남았다. 시간은 더디게 흘렀다. 아버지는 바닥만 보았고 나는 벌써 세 번째 화장실에 왔다. 이제 다시 말을 하게 되었는데 할 말이 없었다. 나는 세면대 옆에 붙어 있는 손 씻는 요령을 보고 꼼꼼하게 손을 씻고 화장실을 나섰다. 아버지는 여전히 바닥만 보고 있었다. 저 옆에 가서 앉아 있을 생각을 하니 숨이 막혔다. 내키지 않는 마음으로 걷는데 대기실과 화장실 사이 홀 가운데에 달려 있는 감시카메라가 내 쪽으로 회전을 했다. 나는 우뚝 멈춰 섰다. 그리고 그 검은 눈을 바라보며 나는 생각지도 못한 말을 내뱉었다.

"할아버지가 뭘 잘못했어요?"

아버지가 놀라 고개를 들었다.

나는 아버지를 보며 다시 말했다.

"할아버지가 뭘 잘못했어요?"

아버지는 나를 빤히 보다가 눈을 피하며 말했다.

"넌 모른다."

"난 알아요."

아버지가 다시 나를 보았다.

나는 안다. 정말 안다. 엄마가 나에게 똑같은 질문을 던졌을 때 나 역시 엄마는 모른다고 대답했으니까.

나는 아버지 아들이 분명했다. 고집스레 앉아 있는 아버지에게서 내가 보였다. 이대로라면 나는 아버지와 꼭 닮은 아버지가 되어 나와 같은 아들과 이런 대화를 반복하게 될 것이다.

나는 아버지의 눈을 똑바로 보며 다시 한 번 힘주어 말했다.

"난 알아요."

아버지는 거울을 보며 어디서 왜 다쳤는지도 몰랐던 상처를 발견한 것처럼 나를 보았다. 아버지의 휴대폰이 울렸다.

수술이 끝났다.

20_수다쟁이 조가 말했다

"조금 큰 거 같은데? 얼마나 지났다고 그사이에 자라는구나."

엘 할머니가 말했다.

말을 되찾은 지 한 달이 지났다. 날씨가 갑자기 추워졌다. 패스트푸드점의 창밖으로 이제 막 꺼낸 두툼한 옷을 입고 집으로 돌아가는 사람들이 보였다.

"학교는 어떠니? 이제 다 정리가 된 건가?"

말을 하게 되었지만 바로 일반 학급으로 돌아가지는 않았다. 나는 특수반에 남아 상담과 치료를 받으며 다른 아이들을 도왔다. 반장은 학교를 떠나기로 했다. 법원의 명령으로 버려진 아이들을 돌보는 기관에서 일을 한다고 들었다.

합창 대회는 물 건너갔지만 대신 특수반 아이들과 함께 부모님들을 모시고 발표회를 했다. 세상의 기준으로는 대단치 않은 무대였지만 관객들은 아낌없는 박수를 보냈다.

끝나고 나오는데 후문 쪽에 선생님과 천재 화가가 있었다. 녀석은 언제나처럼 눈을 맞추지 않고 땅만 보고 있었다. 선생님께 인사를 하고 녀석을 지나치는데 가시라도 박힌 것처럼 심장이 따끔했다. 안주머니를 살폈다. 지갑에서 뭔가가 삐져나왔다. 플라이맨이 주고 간 여울이의 사진이었다. 나는 사진을 뽑아냈다.

나는 이걸 가질 자격이 없었다. 이 사진이 누군가의 것이 되어야 한다면 한 사람뿐이었다. 나는 돌아가 녀석의 시선이 향하는 곳에 여울이의 사진을 놓았다.

녀석이 반응을 보였다. 평생 온 세상과 눈을 맞추지 못했지만 여울이에게만은 눈을 떼지 않았던 녀석은 무릎을 꿇고 사진을 집었다. 녀석은 여울이를 보며 미소 지었다.

덩치는 제정신이 아닌 상태에서 스쿠터를 몰다 교통사고를 냈다. 키다리 역시 치료를 받으러 병원에 갔다가 경찰에 잡혔다. 갈비뼈가 부러진 상태였다. 키다리와 덩치가 잡히며 사건의 전말이 밝혀지자 한 사람이 우리 집을 방문했다. 집중취재 24시의 편집장이었다.

"플라이맨은 쫓겨났대요."

나는 그간의 일들을 단숨에 쏟아 냈다.

"안됐구나."

할머니가 창밖을 보며 말했다.

"뭐가 안됐는데요?"

"파리에게 겨울은 혹독한 계절이잖니."

손녀 엘이 할머니를 닮았으면 좋겠다. 다음번엔 같이 나오면 더 좋겠다.

"참, 할아버님은 어떠시니?"

할아버지. 그래 아직 떨어야 할 수다가 남아 있었다.

수술은 성공적이었지만 회복 속도는 느렸다. 같은 이닝을 던져도 노장 투수는 긴 휴식이 필요한 법이다. 나는 매일같이 병원에 갔다. 할아버지는 항상 웃으며 나를 맞았지만 그 웃음 안에는 씁쓸함이 있었다. 아버지는 준비 중인 집회를 핑계로 교회에 틀어박혀 있었다.

"설교 준비하느라 마이 바쁜 기지. 그기 몇 날을 연속해서 해야 하는 거 아니가?"

할아버지가 말했다.

여섯 살 때였나. 토요일 저녁에 아버지에게 놀아 달라고 떼를 썼다.

다음 날 설교를 해야 했던 아버지는 끝까지 고집을 부리는 나를 참지 못해 폭발했다.

"나가서 놀라고!"

심통이 난 나는 밖으로 나가며 말했다.

"설교도 못 하면서!"

다음 날 설교는 정말 엉망이었다. 미안했다. 하지만 나는 그저 아버지와 놀고 싶었을 뿐이었다.

아이가 시도 때도 없이 부모를 찾을 때 때로 부모는 아이를 귀찮아하지만, 정작 부모가 자식을 필요로 하는 나이가 되면 자식은 부모를 찾지 않게 된다. 입원 후에 부쩍 잠이 는 할아버지를 보며 나는 가끔 할아버지가 어린아이처럼 보였다. 할아버지에겐 아버지가 필요했다. 아버지는 정작 자신이 필요할 때 할아버지는 곁에 없었다고 하겠지만 그건 나와 아버지 사이도 마찬가지였다. 나는 이 어긋남을 내 대에서 끊어 버려야겠다고 결심했다.

나는 잠든 할아버지에게 편지를 남겼다.

주무셔서 깨우지 않고 그냥 가요. 그리고 내일은 오지 못할 거 같아요. 근데 잘못 알고 계신 것이 하나 있어요. 아버지는 야구를 싫어하지 않아요. 저 어릴 때는 일주일에 몇 번씩 야구장에 데리고 가셨는걸요. 글러브랑 배트도 사 주시고요. 아마 아버지는 다리를 절게 되었기 때문에 화가 난 게 아니라 야구를 할 수 없게 되어서 할아버지가 실망하고 놀아 주지 않을까 봐 겁이 났던 게 아닐까요.

다음 주에 아버지와 함께 올게요.

학교를 다녀온 뒤, 나는 글러브와 공을 챙겨 교회로 향했다.

나는 그때로 돌아갈 생각이다. 아버지가 내 손에서 공을 빼앗아 갔던 그때로.

그리고 다시 아버지에게 공을 던질 것이다. 솔직하게 그때 내 마음과 생각을 던질 것이다. 아버진 받아 주지 않을지도 모른다. 그래도 던진다. 그리고 용서한다. 아버지가 아니라 나를 위해서. 다시 누군가를 사랑하게 되었을 때 내 진심을 고스란히 상대의 마음에 전하기 위해서. 나는 문을 두드렸다.

문을 열고 나온 아버지는 조금은 당황한 얼굴로 나를 살폈다.

"무슨 일이냐?"

나는 아버지에게 글러브를 건넸다.

"공 좀 받아 주실래요?"

수다쟁이 조가 말했다,

수다쟁이 조가 말했다

1판1쇄 2013년 3월 25일
1판5쇄 2021년 5월 17일

지은이 이동원
책임편집 홍지희
편집 서정민 엄희정 원선화 이복희
디자인 이지선
마케팅 정민호 박보람 김수현
홍보 김희숙 김상만 함유지 김현지 이소정 이미희 박지원
제작 강신은 김동욱 임현식
제작처 더블비(인쇄) 중앙제책사(제본)

펴낸곳 (주)문학동네
펴낸이 염현숙
출판등록 1993년 10월 22일제406-2003-000045호
주소 10881 경기도 파주시 회동길 210
전자우편 kids@munhak.com
홈페이지 www.munhak.com
카페 cafe.naver.com/mhdn
인스타그램 @kidsmunhak
트위터 @kidsmunhak
대표전화 (031)955-8888
팩스 (031)955-8855
문의전화 (031)955-8895(마케팅) (02)3144-3237(편집)

ISBN 978-89-546-2082-6 03810